ASSALTO AO BANCO CENTRAL

Benfica
R. Paulino Nogue
R. João Gentil
Waldery Uchôa
Juvenal Gale

ASSALTO AO BANCO CENTRAL

J. Monteiro
Renê Belmonte

AGIR

Produção editorial
Ana Carla Sousa
Flávia Midori

Copidesque
Juliana Romeiro

Revisão
Gabriel Machado

Diagramação
Celina Faria

Texto estabelecido segundo o Acordo Ortográfico da Língua Portuguesa de 1990, em vigor no Brasil desde 2009.

CIP-Brasil. Catalogação na fonte
Sindicato Nacional dos Editores de Livros, RJ

M774a Monteiro, J.
Assalto ao Banco Central / J. Monteiro, Renê Belmonte. - Rio de Janeiro : Agir, 2011.

ISBN 978-85-220-1288-6

1. Ficção brasileira. I. Belmonte, Renê. II. Título.

11-2520 CDD: 869.93
CDU: 821.134.3(81)-3

Editora Nova Fronteira Participações S.A.
Rua Nova Jerusalém, 345 – Bonsucesso – CEP 21042-235
Rio de Janeiro – RJ – Brasil
Tel.: (21) 3882-8200 – Fax: (21) 3882-8212/8313

João Felipe
Estação Ferroviária
Praça dos Martires
R. Castro e Silva
R. Rufino de Alencar
R. São Paulo
R. Sobral
R. Gen. Sampaio
R. Gen. Bezerril
Av. Tristão Gonçalves
R. Pereira Filgueiras
Praça José de Alencar
Praça do Ferreira
Praça Filgueiras de Melo
R. Gov. Sampaio
R. Pedro Pereira
Praça da Bandeira
R. Pedro I
Centro
Praça M Borges
Praça Ns. do Carmo
R. Pinto Madeira
Praça Clóvis Beviláqua
Av. Dq. de Caxias
Av. Heráclito Graça
R. Bárbara de Alencar
R. Rocha Lima
R. Padre Valdevino
R. Maj. Facundo
R. Sólon Pinheiro
R. Barão de Aratanha
R. Jaime Benévolo
R. Cnso. Tristão
Av. Dom Manoel
R. J da Penha
R. Nogueira Acioli
R. Gonçalves Ledo
R. João Cordeiro
R. Jaguaretama
Av. Domingos Olímpio
R. João Brígido
Av. Antônio Sales
R. Abaiara
José Bonifácio
R. Floriano Peixoto
R. Maj. Facundo
R. Barão do Rio Branco
R. Sen. Pompeu
Av. Aguanambi
R. Mte. Rosa
R. Cel. Sólon
R. Souza Girão
R. Lauro Maia
R. Henrique Rabelo
R. Padre Antonino
R. Antônio Augusto
R. Joaquim Távora
R. da Assunção
R. Sólon Pinheiro
R. Barão de Aratanha
R. Felino Barroso
Joaquim Tavora
R. Barão de Aracati

CAPÍTULO 1

TATU MANEJAVA A BROCA COM FIRMEZA. Era especialista em túneis. Já havia construído mais de uma dezena em presídios, o que lhe rendera o apelido. O ritmo constante que imprimia à ferramenta fazia com que avançasse rapidamente sob o solo. Usava óculos de lentes amarelas, que, além de proteger seus olhos da areia e das pedras que se desprendiam, lhe permitiam enxergar melhor debaixo da terra. Dali a poucos centímetros saberia se as avaliações de Doutor, o engenheiro contratado para supervisionar os trabalhos de escavação, estavam corretas. Em poucos minutos deveria chegar ao concreto do chão do cofre.

O túnel tinha cerca de setenta centímetros de largura e oitenta metros de comprimento. Havia sido escavado sob as ruas do centro de Fortaleza e era uma obra e tanto de engenharia. Era suportado por vigas de madeira para evitar desabamentos e iluminado por lâmpadas amarelas, ligadas por um fio suspenso. A parede interna era úmida, mas apesar disso o calor era sufocante. Ela gotejava incessantemente sobre os homens, e os pingos enlameados, associados à temperatura do buraco, faziam todos ficarem encharcados. Um cano ligado a um ar-condicionado conduzia ar frio, tentando, com algum sucesso, amenizar a temperatura. Raízes de pequenas plantas povoavam o ambiente, além de formigas e outros insetos. Aquele era o momento decisivo. Era sábado, dia 6 de agosto de 2005.

O som monótono da broca que finalizava o túnel parecia agora mais alegre para os homens que davam suas últimas forças para chegar ao cofre do Banco Central de Fortaleza. Após três meses de esforço, estavam todos eufóricos. A exaltação, entretanto, se misturava à ansiedade, pois nem eles acreditavam no sucesso de uma empreitada à altura dos filmes de Hollywood.

Tatu, o mestre de obras do grupo, não descartava a hipótese de um erro de cálculo de Doutor. Os dois nutriam uma antipatia mútua desde que se conheceram, meses antes.

Só falta esse buraco dar no meio da rua, pensou Tatu. *Só falta isso pra eu matar esse velho filho da puta!*

O túnel, quase pronto, era um feito impressionante, levando-se em conta que os integrantes da quadrilha desconheciam princípios básicos de engenharia. Só Tatu, por experiência, e Doutor, por formação, sabiam as técnicas que possibilitariam completar a obra. Doutor procurava disfarçar o nervosismo, mas sentia um gosto metálico na boca. Enxugou a testa e tirou do bolso dois comprimidos para o fígado. Seu coração batia rápido, pois não tinha certeza da qualidade dos mapas que balizaram seus cálculos. Se tivesse errado, não queria nem pensar na reação de Barão. O homem era imprevisível.

Ao lado de Tatu, e também ansioso pelo término do serviço, Caetano segurava uma lanterna para ajudá-lo na escavação. Como os demais, usava roupas surradas, encharcadas de suor e umidade. A barba por fazer e os olhos cansados denunciavam as horas trabalhadas na obra. A seu lado, Saulo catava as pedras e a terra, jogando-as no balde que trazia numa das mãos. Enquanto fazia isso, pensava o que faria com o produto do assalto. Não sabia se compraria uma casa no interior ou se faria uma viagem para Miami. Interrompeu o trabalho quando pensou nas possíveis dificuldades que teria para deixar o país, já que seria "pedido" pela Justiça. Balançou a cabeça para espantar os pensamentos. Acabou de encher o balde e enganchou-o a uma corda presa à roldana que seguia por toda a extensão do túnel.

Próximo a Caetano, Léo puxava a corda, fazendo o balde deslizar. Pensava na esposa, ou melhor, em certas partes do corpo dela. Achava que ela tinha as pernas mais bonitas da cidade. Estava preso naquele buraco havia dias para que o cronograma fosse cumprido, e não via a hora de voltar para os braços de Lucy. O balde já estava quase na entrada do túnel quando Léo foi bruscamente empurrado por Décio, que assumiu o serviço a partir dali.

— Que porra é essa, Décio? Tá maluco, seu babaca? — Léo partiu indignado para cima de Décio.

— Segura a onda aí, Léozinho — apaziguou Firmino, colocando as mãos sobre os ombros do outro. — A gente tá acabando o serviço. Deixa essas treta pra depois.

Léo continuou olhando para Décio, que também o encarava. O barulho do balde batendo em uma das laterais do túnel fez com que os dois concentrassem a atenção em não deixar o balde virar. Só então Firmino largou Léo.

A corda deslizava pela roldana com alguma dificuldade. Rangia e já demonstrava sinais de desgaste. Não era para menos: havia transportado muitas toneladas de pedra e barro pelo túnel estreito. Ao ser retirado, o material era colocado em sacos de fibra e armazenado na entrada do buraco. Depois que certa quantidade era acumulada, os sacos eram levados num caminhão para serem descartados num aterro sanitário, sem chamar atenção.

O balde chegou, finalmente, ao extremo oposto do túnel. Foi, então, esvaziado por Devanildo, que derramou todo o seu conteúdo em outro balde, acoplando-o com dificuldade a uma corda posicionada na vertical. Ela seria puxada da abertura do túnel por Mineiro. Desajeitado, Devanildo derramou terra no rosto e deu um grito nervoso enquanto tentava retirar a sujeira da boca e dos olhos.

— Puta que pariu — disse, arrependendo-se em seguida. — Ai, meu Pai amado, me perdoe o palavrão. Mas também esse trabalho é fod... é fogo. Misericórdia!

— Devanildo, meu amor. Vamos logo, ou a gente não termina esse trabalho hoje — suplicou Carla, olhando a cena de cima.

Devanildo se recompôs, mas seu coração estava apertado. Tinha certeza de que estava condenado ao fogo eterno do inferno.

Ai, meu Deus! Maldita hora em que eu fui aceitar esta situação. Devia ter saído enquanto era tempo. O Senhor sabe que eu tentei, mas o Barão... Ah, o Barão, filho de Satanás. Se tem alguém que tem que arder no fogo do inferno é ele, não eu.

Esse pensamento o acalmou, e ele acenou para a irmã, com um falso sorriso no rosto.

Carla era a bela irmã de Devanildo e esposa de Barão, o chefe do grupo. Era a gerente da operação e a defensora do irmão, para quem olhava impacientemente, enquanto ajudava Mineiro a puxar a corda com a qual retiravam o entulho do buraco. Ergueram o balde com alguma dificuldade e derramaram o conteúdo em um saco suspenso por Mineiro, que olhava detidamente para os peitos da mulher enquanto ela se abaixava. Carla percebeu e se apressou, lançando-lhe um olhar de desaprovação. Mineiro limitou-se a dar um sorriso cínico.

Ele apoiou o saco cheio de pedras nas costas e o levou para um dos cantos da sala, depositando-o sobre uma pilha grande. *Este é um dos últimos*, pensou, enquanto sorria intimamente. Era o mais bem-humorado do grupo, sobre o qual exercia uma liderança natural, não só pela simpatia, mas também por sua aparência. Ele confiava nessas características para seduzir Carla, embora até então sem sucesso.

Isso tudo vai mudar quando eu meter a grana no bolso. Tá pensando que eu não reparei como é que tu me olha? Tenho certeza de que tu tá com o Barão só por conveniência...

Quando voltou, parou para espiar, por sobre o ombro de Doutor, o mapa estendido sobre a mesa. O desenho mostrava o Banco Central e a casa que ocupavam ligados por uma linha tracejada que se estendia por diversas ruas e casas. Outra linha ligava o banco ao casarão que tinham alugado antes de começar a cavar o túnel e que servia como base de operações. À medida que o trabalho avançava, Doutor assinalava o progresso no mapa. Àquela altura, já havia pintado toda a linha. Mineiro não pôde deixar de notar que a caneta tremia na mão de Doutor. *Eu não queria estar no lugar dele se a gente não achar esse cofre hoje!*

Mais uma vez Mineiro ficou impressionado que estivessem finalizando o trabalho. Semanas antes julgara a missão impossível, e mesmo então custava a acreditar que estavam próximos do fim. Dali a pouco saberiam se o plano daria certo.

A seu lado, e não menos concentrado, Barão olhava para o mapa, já antecipando mentalmente a logística da retirada do dinheiro. Sabia que era o grande responsável por reunir todos aqueles homens em prol de um objetivo considerado inatingível, e tinha que continuar comandando todos com mão de ferro para que nada desse errado justamente quando a obra já estava quase acabada.

— Quanto tempo mais, Doutor?

— Calma, Barão! Só mais um pouco e chegamos ao chão do cofre. — Doutor procurava manter a voz firme, mas Barão não pôde deixar de notar a sombra que passou pelo rosto do engenheiro. Deu um tapa em seu ombro, o que poderia significar várias coisas. Doutor sentiu uma gota de suor descendo pelas costas.

Tatu e Caetano continuavam o trabalho em silêncio. A concentração se estampava em seus rostos, sob os sulcos que o suor abria na terra que lhes impregnava a pele. O barulho constante da broca mudou de timbre, indicando que haviam chegado ao aço da base do cofre. Tatu desligou a britadeira, com uma cara de satisfação. *Não é que o filho da puta estava certo?* Caetano não conteve a excitação:

— Caralho, chegamos! Vou avisar o Barão. Tatu, agora é contigo.

— Agora é com a Vera. — Tatu lançou um olhar divertido para Caetano, que não entendeu, mas, mesmo assim, desceu pelo túnel em direção à saída.

Alguns minutos depois, Barão estava lá. Doutor o acompanhava, logo atrás. Sua respiração aos poucos voltava ao normal. Os dois se aproximaram de Tatu, que, segurando um teodolito, explicava para Barão:

— Chegamos. Agora só falta o piso do banco. Concreto pra mais de metro.

Barão voltou-se para Tatu:

— Você disse que cuidava disso.

— Deixa eu te apresentar a minha melhor amiga. — Com um sorriso no rosto, Tatu abriu uma pequena sacola. Tirou de dentro uma serra circular, com dentes afiadíssimos. — Disco de diamante. Corta qualquer coisa. Chamo ela de Vera.

Barão olhou para Doutor, que deu de ombros, como se não se responsabilizasse. *Se alguma merda der errado, que não seja por minha causa!*

— Podem ir começando, então — determinou Barão. — Vou mandar o Saulo e o Caetano aqui pra ajudar.

Barão se voltou para sair do túnel. Tatu tornou a cavar verticalmente, na direção do chão do cofre do banco.

Cerca de três horas depois, Tatu e Saulo retiraram com esforço o pedaço de concreto e metal, lançando-o para um canto do túnel. Deram passagem a Barão, que se apoiou nos cotovelos e subiu. Mineiro foi logo atrás. Carla teve dificuldades e Mineiro se adiantou:

— Quer ajuda? — perguntou, oferecendo-lhe a mão.

Carla olhou por um momento para Mineiro sem responder. Procurou, com os olhos, a ajuda de Barão, que estava completamente absorto com o que via no interior do cofre. Fez cara de contrariada e estendeu a mão para Mineiro, que a puxou, satisfeito. A mulher se pôs de pé e bateu as mãos sobre a roupa, para tirar parte da terra.

Mineiro ainda ajudou Doutor a sair do túnel. Com mais de sessenta anos, o homem tinha dificuldades.

— Obrigado, Mineiro. — Sua voz falhava de nervoso.

— Tu sabia que essa empilhadeira tava aqui? — Mineiro perguntou para Barão.

Barão olhou para trás e só então se deu conta de que os três já estavam dentro do cofre. Fez um sinal com a cabeça, indicando que os outros o seguissem até algumas prateleiras.

— É ali, cuidado. Não se esqueçam do que falei.

Os quatro perfilaram-se ao lado das prateleiras, sem conseguir falar. Milhões de cédulas estavam depositadas em "gaiolas" de aço inoxidável, que reluziam sob as luzes brancas emitidas pelas grandes luminárias que pendiam do teto.

— *Jingle bell, jingle bell...* — cantarolou Mineiro. Carla sorriu com a piada. Barão continuou compenetrado, o olhar fixo nas prateleiras.

Esse aí é o dinheiro que vai me tornar um cara livre. Nenhum figurão vai se atrever a me dar ordens, nunca mais. Nem Gouveia nem nenhum outro, porque agora eu finalmente vou ser igual a eles. Fodam-se todos eles. Agora eu sou rico!

Naquele mesmo momento, na sala de vigilância do cofre, Fuji folheava o caderno de esportes de um jornal. Estava observando a classificação dos times cearenses no campeonato brasileiro. No dia seguinte, seu time iria jogar e precisava desesperadamente de uma vitória. À sua frente, seis monitores de TV transmitiam uma imagem monocromática, acinzentada. Fuji voltou o olhar para as telas por um segundo, e prestou atenção de novo ao jornal. Um vulto surgiu por um instante em um dos monitores, desaparecendo em seguida. O segurança contratado para a guarda do cofre do Banco Central em Fortaleza não percebeu a movimentação.

CAPÍTULO 2

O pequeno Nilson não dormia havia meses, desde que fora internado em uma casa para órfãos. A noite ia alta, e as luzes do quarto estavam todas apagadas, mergulhando o ambiente em trevas. O breu só era quebrado pelos poucos faróis dos carros que seguiam pela rua que dava acesso ao Centro Estadual de Assistência ao Jovem. O menino vivia assustado pelas sombras que rondavam sua cama durante a noite. Fingia estar dormindo, mas, nas poucas semanas que estava ali, presenciara alguns comportamentos estranhos de funcionários, que comumente se deitavam nas camas de internos, deixando-os chorosos quando partiam de volta a seus postos.

Aquela noite era particularmente assustadora porque recebera o recado de que estava próxima a hora em que teria, também, uma visita. O medo não permitia que se entregasse ao cansaço, apesar do enorme peso de suas pálpebras, que piscavam longamente.

Ouviu um barulho à sua esquerda e se levantou do beliche. Alarmado, uma voz quase imperceptível pediu-lhe silêncio. Uma mão agarrou-lhe o braço e outra lhe entregou um estoque superafiado feito com um cabo de escova de dentes. Nilson ficou confuso, e, antes que pudesse perguntar algo, o estranho desapareceu no escuro. Minutos depois a porta se abriu e Nilson tornou a se deitar, preocupado, fingindo dormir.

Os passos ficavam cada vez mais fortes, até que ouviu, a seu lado, uma respiração pesada, que recendia a álcool. O homem chegou um pouco mais perto e o menino arregalou os olhos, apavorado, enquanto sua boca era fechada pela mão cheirando a cigarro do funcionário, que lhe apertava o rosto. O homem subiu na cama e começou a tirar a calça. Pegou uma das mãos do menino e fez com que segurasse seu pau, meio mole, meio duro. Nilson começou a tentar gritar e a se debater, até que um tapa em seu rosto interrompeu qualquer reação, dando lugar apenas a um choro contido.

O homem foi aproximando seu pau do rosto do menino, enquanto forçava a abertura de sua boca com a mão; com a outra, segurava os dois braços do garoto acima da cabeça. Nilson pôde ver, na escuridão, os olhos vermelhos injetados do guarda, que brilhavam ensandecidos. Sem pensar, quando já sentia o membro do homem tocar-lhe o queixo, puxou seu braço direito, desvencilhando-se do guarda. Sua mão foi ao encontro do estoque e voltou, cravando-o no pênis do homem e atravessando-o.

O silêncio da noite foi interrompido por gritos lancinantes de dor. Rapidamente as luzes se acenderam e outros homens entraram no quarto, deparando-se com dezenas de meninos gritando, assustados, sem saber o que havia acontecido.

Nunca mais viu o homem. Os dias seguintes transcorreram sem que ninguém tocasse no assunto, e a partir dali ninguém mais incomodou os jovens, que passaram a respeitar Nilson. O garoto descobriu seu poder de liderança e passou a apreciar a violência como forma de impor respeito. Se havia dado certo com o guarda, por que não com os demais? À medida que foi crescendo, passou a comandar, pela força, o dia a dia dos garotos.

Um dia, cerca de quatro anos depois, Nilson foi chamado ao gabinete do diretor da casa. Já estivera ali algumas vezes, tanto por problemas disciplinares quanto para receber conselhos do diretor, um senhor de cabelos brancos que ficava sentado de frente para a porta. Uma ópera preenchia o ambiente. Nilson entrou na sala, estacou junto à porta e fechou os olhos, levantando as sobrancelhas.

— *Le nozze di Figaro*!

— Muito bem! Se consegui lhe passar algo de bom nesse tempo, foi o gosto por nosso inesquecível Mozart. Sente-se, meu filho.

— Que foi dessa vez, seu Antônio? Se foi algum desses filhos da puta desses guardas que me acusaram de alguma coisa, já vou dizendo que...

— Calma, rapaz. Ninguém te acusou de nada. Você sabe por acaso que dia é hoje?

— Sei — respondeu Nilson, desconfiado. — Quinta... ou melhor, quarta-feira.

— Exatamente. Quarta-feira, 26 de agosto. Essa data quer dizer alguma coisa para você?

O rosto de Nilson se iluminou com um sorriso.

— Caraca, seu Antônio. É meu aniversário!

— É isso mesmo. Parabéns.

— Mas o senhor não me chamou aqui só para me dar os parabéns, né?

— Na verdade, não. Chegou a hora de você sair daqui, Nilson. Você já tem 18 anos. Pode cuidar de si mesmo.

— Como assim cuidar de mim mesmo, seu Antônio? O que é que eu vou fazer fora daqui? — Nilson abaixou a cabeça, desconsolado. Apesar de saber que essa era a regra da instituição, tinha esquecido completamente que sua própria hora chegaria. Depois de tantos anos vivendo naquele lugar, não saberia o que fazer do lado de fora da casa que de alguma forma o acolhera.

— O que é isso, garoto? Como assim não sabe o que fazer? Lá fora há infinitas possibilidades para um jovem inteligente e talentoso como você. Senhor Nilson Batista Arão, agora o senhor é um homem livre e desimpedido.

O diretor levantou-se e foi até um pequeno armário ao lado de sua mesa. Abriu a porta e retirou um livro. *O príncipe*, de Nicolau Maquiavel. Entregou-o a Nilson, que o recebeu com os olhos marejados.

— E não se esqueça, filho, você pode ser o que quiser.

Nilson se levantou, pressionando o livro contra o peito, com as duas mãos. Olhou para o velho e se dirigiu à porta.

— Nilson — chamou Antônio. O rapaz se virou. Antônio enfiou uma das mãos no bolso da calça e retirou uma haste branca, desgastada pelo tempo. Nilson custou a reconhecer a arma que anos antes o defendera. Olhou para o rosto do diretor, interrogativo. — Eu já te dei esta pequena arma no passado e agora a ofereço novamente — disse, estendendo-lhe o pequeno estoque.

— Então foi o senhor que...

— Adeus, Nilson. Siga a sua vida e seja feliz!

Nilson B. Arão, ou Barão, como ficou conhecido, tinha nascido para o crime. Desde muito cedo se destacou por duas características: a inteligência refinada, que preferia beber da fonte dos grandes clássicos, e a completa ausência de qualquer forma de moralidade. A primeira fora cultivada por seu protetor, no período em que passou no orfanato. A segunda era uma característica de sua personalidade, que se aguçava ainda mais com o passar do tempo.

Barão era frio e implacável com seus inimigos ou qualquer pessoa que se interpusesse entre ele e seus objetivos. Amedrontava mesmo os criminosos mais experientes, já que não titubeava em eliminar quem quer que lhe causasse problemas. Era extremamente cuidadoso e articulado no planejamento de suas ações criminosas, o que colaborou para que nunca tivesse sido preso. Gostava de se vestir e de morar bem. A despeito de seu temperamento violento, era uma pessoa sofisticada. Apreciava as óperas de Albinoni acompanhadas por um *dry martini* e suas inseparáveis cigarrilhas. Seus livros de cabeceira eram *O príncipe*, cuja edição que ganhara de seu Antônio ainda era permanentemente consultada, e *A arte da guerra*, de Sun Tzu. Por todas as suas características, circulava livremente tanto no meio dos bandidos mais simples quanto entre os grandes criminosos.

Mas não fora sempre assim. Ao sair do orfanato, foi encaminhado para trabalhar como empacotador num supermercado, onde permaneceu por apenas duas semanas. Acreditava que o trabalho subestimava sua inteligência. Não havia nascido para aquilo. E a partir de então passou a viver de pequenos crimes. Tornou-se um estelionatário bem-sucedido, aplicando golpes sutis e bem-preparados, mas seu êxito não vinha apenas de sua habilidade, e sim da violência com que eliminava os concorrentes. Com o tempo, os golpes se tornaram cada vez maiores, e logo se tornou um criminoso reconhecido, que impunha respeito.

Não tardou a chamar a atenção dos grandes financiadores, que passaram a bancar suas ações. Foi Gouveia que o chamou a sua casa, para propor aquele que seria o maior desafio da vida de Barão.

— E aí, Barão? Tá preparado pra um negócio grande ou vai ficar ganhando mixaria?

— Tá me estranhando, Gouveia? É claro que eu dou conta. Tu já me viu roer a corda? Mas pra isso vou precisar de uma grana maior. Tenho que montar equipe e comprar muito material. E tem o lance do aluguel, também. — Embora não estivesse convicto, Barão procurava demonstrar confiança a Gouveia, porque sabia que o golpe, se desse certo, transformaria sua vida.

— Não se preocupa com isso. Agora vai e começa a pensar em como a gente vai fazer isso.

***

Carla estava estranhando a animação de Barão. Não que estivesse reclamando; pelo contrário, estava gostando do entusiasmo do namorado. Estavam transando numa cama de casal forrada com lençóis de cetim. Barão segurava os pulsos de Carla, impedindo-a de movimentar os braços que estavam acima de sua cabeça, próximos aos livros que ficavam em ordem junto à cabeceira. Os dois se encaravam, e o suor de Barão escorria pela barriga, até encontrar a pele da mulher, que gemia de prazer.

Carla tentava mudar de posição, mas era impedida por Barão, que a dominava. Barão aumentou a pressão sobre o corpo dela enquanto acelerava o ritmo. Os dois ofegavam em sincronia e gozaram simultaneamente. Barão se jogou para o lado da cama, arfando. Ficaram alguns minutos sem falar, de olhos fechados, curtindo o momento. Barão se aproximou de novo da mulher. Falou com sua voz grave e baixa:

— Tem um lance aí que eu tô pensando.

— É alguma posição diferente? Vou adorar!

— É sério, Carla. Conversei com um cara aí e tô quase topando um trampo dos grandes.

— Tá, Barão, mas qual é a novidade disso?

— A novidade é que, se der certo, esse vai ser o nosso seguro de vida. Trabalhar nunca mais, sacou?

— Oba, tô começando a gostar dessa história. Pode começar a falar.

À medida que ele detalhava os fatos, Carla arregalava os olhos, incrédula. Estava impressionada com o fato de Barão cogitar assaltar o Banco Central. Julgava-o muito inteligente para propor uma loucura daquelas, mas, por outro lado, isso poderia ser um indicativo de que o negócio era possível.

— Não é lance pra três ou quatro pessoas. E quanto mais gente entra, mais perigoso fica — explicou Barão.

— E tem alguém melhor que você pra isso? Ninguém é besta de te sacanear. — Carla já estava animada com a ideia.

— Mesmo assim — continuou o homem, carrancudo. Carla já tinha visto aquela expressão inúmeras vezes. Era a prova que ele estava levando a ideia realmente a sério. — Só medo não resolve. Preciso de alguém de confiança que possa dar as caras. Preciso de uma cara bonita.

— Mais bonita que a sua?

— Tu me entendeu. Alguém que *não* meta medo e que ganhe as pessoas. Tô longe de ser essa simpatia toda.

— Pelo que você fala, só tem uma pessoa que cabe nessa descrição. E, que eu saiba, ele tá preso.

— E o que é que tu sabe disso, mulher? — disse Barão, rindo.

Carla olhou para ele com um meio sorriso no rosto. *Vai supondo que eu não penso, meu amor. Até agora eu estou com você porque é cômodo pra mim, mas sei muito bem o que eu quero. Taí... essa é uma grande ideia, e, se der certo, quem sabe o que pode acontecer.*

CAPÍTULO 3

Alguns dias depois, a poucos quilômetros dali, um guarda penitenciário entregava a um detento uma caixa com seus pertences. O homem seria libertado em breve, e agora admirava cada uma das peças que deixara ali meses antes: uma carteira, um relógio, óculos escuros, um cordão de ouro, camisinhas e um isqueiro, tudo de grife. Mineiro guardou tudo nos bolsos, menos o isqueiro de metal, com o qual passou a brincar, abrindo e fechando. Enquanto caminhava pelos corredores do presídio, era saudado pela maioria dos presos, a quem conhecia pelo nome. Ele estava radiante diante da libertação inesperada. Estava curioso para saber quais os motivos que o haviam levado à liberdade.

Tenho certeza de que a vagabunda retirou a queixa. Na certa se arrependeu por me denunciar por aquela mixaria. Passou a mão sobre o cordão, que havia comprado com o dinheiro que pegara da bolsa da carioca. Ela havia ficado furiosa ao descobrir. *Ou, se não foi ela, quem é que teria interesse em me tirar daqui? Quem sabe aquela advogada da Bahia... não, como é que ela saberia que estou preso? Bem, seja quem for, amanhã cedo eu saberei.*

Enquanto a curiosidade o consumia, Mineiro se aproximava do corredor de acesso à porta da cadeia. Conversava com o guarda que o acompanhava:

— Vocês estão de parabéns. O serviço foi de primeira — mentiu.

— Quer dizer que você pretende voltar? — brincou o guarda.

— Que isso... — Mineiro fez um gesto de recusa educada. — Tantos lugares para conhecer. Apesar da companhia, a vida é muito curta para ser vivida entre quatro paredes. — *E conviver com filhos da puta corruptos que nem você só na outra vida!*

Os dois pararam próximos à porta e se encararam. O guarda estendeu uma das mãos a Mineiro, que a apertou calorosamente, e pousou a outra no ombro do ex-prisioneiro.

— Vê se toma jeito, rapaz. Essa vida não é pra você — disse o carcereiro.

— Você me conhece. Eu ando sempre na linha. Não tenho culpa se às vezes ela fica torta... — Os dois riram.

Mineiro se virou em direção à porta. Antes de cruzá-la, porém, voltou-se para o guarda, jogando-lhe o isqueiro.

— Uma lembrancinha, pelos bons tempos que passei aqui.

— Vai na fé, Mineiro. Já tem planos? — *Quando será o próximo golpe?*

— A primeira coisa que vou fazer é tirar o mofo dos ossos.

A porta do presídio foi aberta e Mineiro a atravessou, sentindo-a se fechar, mais uma vez, às suas costas. O tempo estava fechado, e caía uma garoa fina. Mineiro fez uma careta de decepção, mas logo passou a respirar profundamente, sentindo o ar da liberdade encher seus pulmões.

Andou alguns metros até uma rodovia movimentada e chamou um táxi. Pediu para se dirigirem à avenida Zezé Diogo, pois queria um hotel em frente à praia do Futuro. Lá, no dia seguinte, teria que encontrar seu misterioso benfeitor, de acordo com as instruções do advogado que apareceu na cadeia com o alvará de soltura. Isso aguçava ainda mais sua curiosidade. Se alguém gastou tanto tempo e dinheiro para soltá-lo, devia haver um bom motivo. Ao lembrar as possibilidades, sentiu um formigamento no ventre. *Preciso de companhia esta noite, e rápido! Qual é mesmo o número da casa da dona Shirlei?*

O dia seguinte chegou rápido para Mineiro. Após dispensar a prazerosa companhia de Pâmela, tomou um café rápido no hotel e se dirigiu à praia. Disseram-lhe somente que era para ir até o local e esperar contato. Não sabia quem era a pessoa que o procuraria.

Chegou mais cedo que o combinado e foi dar um mergulho nas águas mornas do litoral cearense. Após meses preso, sentia o ânimo revigorado. Ficou alguns minutos dentro da água e resolveu voltar, pois a qualquer momento alguém poderia aparecer. Dirigiu-se para onde deixara a toalha, sorrindo para um grupo de mulheres que tomava sol. Passou as mãos pelo cabelo, para tirar o excesso de água. Viu, então, uma bela mulher caminhar em sua direção, vinda da rua. Empertigou-se para galanteá-la, mas logo a reconheceu. Fazia tempo que não a via.

— Carla, é você? Tá tão diferente! — *Então foi você que sentiu saudades do garotão aqui!*

— Tomei um banho de loja na Itália. Descolei um gringo rico. — *Nossa, quem diria que o Mineiro ainda está em forma...*

— Maravilha! Senta aí...

— Quer mesmo deixar o Barão esperando? Ele já tá lá — disse Carla, apontando para um dos bares próximos. Mineiro se surpreendeu com a informação e passou a seguir Carla.

— Cheguei cedo e resolvi pegar um solzinho.

— Continua assim e você vai acabar se queimando. — Carla apressou o passo, deixando Mineiro para trás, confuso, pegando suas coisas no chão da praia.

— Peraí, tô indo! Não sabia que você tava com ele. — *O que será que esse psicopata quer comigo?*

Carla parou e se virou novamente para Mineiro, com arrogância:

— Estou — disse em tom de advertência. — Sou *mulher* do Barão. — E continuou andando em direção ao restaurante, enquanto Mineiro a seguia com dificuldade.

Chegaram ao bar, e Mineiro localizou Barão, sentado em uma mesa afastada, junto à parede. Estava com o semblante tranquilo, sob os óculos escuros. Tomava um *dry martini*, com uma azeitona no fundo do copo. Indicou a cadeira em frente à sua. Carla ocupou o lugar ao lado do namorado. Em silêncio, Barão encheu o copo de Mineiro com cerveja. Esperou o homem beber todo o conteúdo, e só então começou a falar.

— Grande Mineiro. Há quanto tempo, hein?

— Pois é, Barão. Já faz um tempão mesmo! Porra, em primeiro lugar quero agradecer por me tirar da grade. Apesar de ser uma experiência diferente, já tava enjoado da vidinha lá. — *Embora eu preferisse que fosse uma mulher a responsável por isso.*

— Parece que tu já não é mais o mesmo. Tá indo até em cana. Virou otário agora? — *Como se eu estivesse surpreso!*

Barão orgulhava-se de nunca ter sido preso. Creditava isso ao fato de se considerar uma pessoa inteligente no meio de outras que não sabiam pensar a longo prazo. Todas as suas ações eram planejadas exaustivamente, enquanto os criminosos comuns agiam por impulso.

Gostava de dar o exemplo de um golpe que organizara anos antes, contra a Previdência Social. Providenciou falsos documentos de identidade e pagava a um funcionário do INSS para inserir informações sobre contribuições dessas pessoas. A partir daí, recolhia as aposentadorias mensalmente. O funcionário, empolgado pelo dinheiro fácil, passou a trabalhar com outras pessoas, que erraram na dose, cadastrando uma quantidade muito grande de beneficiários no sistema. Ao perceber isso, Barão determinou a suspensão de todos os pagamentos e encerrou todas as contas correntes que recebiam o dinheiro. Ao final de dois anos, todos haviam sido presos pela Polícia Federal, menos ele, apesar de ter ganhado um bom dinheiro com o golpe.

— Tem que saber entrar e saber sair — costumava dizer para Carla.

Mineiro pegou a garrafa de cerveja e encheu o copo.

— Não é isso, não, Barão. Foi uma vagabunda que me denunciou. Primeiro, disse que faria qualquer coisa por mim... mas, depois que descobriu que eu tinha pegado um dinheiro emprestado na carteira dela, ligou pra polícia. Sabe como é, né?

— Sei sim. Não comeu direito, dá nisso. Mas tu quer continuar dando esses golpezinhos nessas vagabundas ou fazer trabalho de verdade?

— Manda aí, Barão. Dependendo do que for eu...

— Tu vai ter que escolher agora se quer saber ou não. Depois que eu te contar, não tem mais volta. Mas, se não quiser saber, pode ir embora. Só que vai perder a maior grana da sua vida. — A voz de Barão provocava arrepios em Mineiro, que continuava a encará-lo, tentando adivinhar o que estaria planejando. Coçou o queixo, serviu-se de mais cerveja e novamente se virou para Barão, receoso.

Mineiro já tinha participado de alguns pequenos golpes com Barão, o suficiente para conhecer seus métodos. *Eu posso dar o fora agora que já estou livre. Assim, me livro de trabalhar com esse maluco. Mas, por outro lado, tem essa grana toda aí que ele tá falando.*

Olhou para Carla e percebeu que ela o espiava com um jeito divertido. Ela percebia sua indecisão. *Aposto que essa vagabunda tá duvidando da minha coragem, mas foda-se. Tenho que manter a calma e avaliar se vale a pena o risco. O Barão é completamente louco, mas não posso negar que é um cara que gosta das coisas bem-feitas. O que pode dar errado? Não tenho nada para fazer mesmo!* Forçou-se a manter o rosto impassível enquanto virava o olhar para o mar, decidindo o que fazer. Abriu um largo sorriso e disse, levantando o copo para brindar:

— Já dizia Lobão: é melhor viver dez anos a mil do que mil anos a dez.

Barão sorriu e tomou mais um gole de seu martíni, olhando atentamente para Mineiro, que não desviou o olhar. Estalou a língua, satisfeito, e passou a contar os detalhes ao comparsa. A reação de Mineiro não podia ser outra além de espanto.

— Um túnel?! — *Definitivamente, esse cara tá louco!*

— Trabalho limpo, sem violência. Do jeito que você gosta — atalhou Barão.

Carla interveio:

— A gente cava, abre o buraco bem embaixo do cofre e pega a grana. Só vão descobrir na segunda-feira, e a gente já vai estar longe.

— É muito dinheiro! — argumentou Mineiro, ainda surpreso.

— E eu sou homem de roubar pequeno? — perguntou Barão, decepcionado com o comentário de Mineiro.

— Tô querendo dizer que o lance é *muito* grande. Pode dar merda. — *Eles não podem estar falando sério!*

— Dessa parte cuido eu, Mineiro. Se preocupa com o teu trabalho. — *Deixa de ser covarde, homem!*

Mineiro caiu na gargalhada ao pensar na loucura em que estava prestes a entrar. Olhou para Carla e para Barão, que permaneceram sérios.

— Isso é uma brincadeira, não é? — Mineiro ainda não acreditava na veracidade do plano.

— Eu não brinco, Mineiro. Lembra do Tatu e do Brita?

— Os caras de São Paulo?

— Tatu tá dentro. Chega amanhã.

Tatu desembarcava no aeroporto internacional de Fortaleza. Deu seu melhor sorriso para a aeromoça e se dirigiu à esteira para pegar as malas. Como não sabia do que se tratava, resolveu trazer roupas para um período maior. Como orientado, iria procurar o sedã preto em que Barão o aguardava.

A última vez em que Tatu fugiu da prisão fora dois anos antes. Ele nem gostava de lembrar o trabalho que havia tido, durante mais de um ano de escavações. Demorou muito mais que o comum, pois o solo sob o presídio era extremamente duro. Parecia que a prisão tinha sido construída sobre uma placa de aço.

Fugir de uma penitenciária por um túnel é uma coisa muito arriscada, além de demorada. O buraco tem que ser cavado dentro da cela, o único lugar onde os presos têm alguma privacidade. Seria impossível cavá-lo no pátio, onde passam a maior parte do dia. Esse é um dos principais motivos da demora. Outro é o cuidado que tem que se tomar com o barulho durante a noite. O trabalho tem que ser bem-articulado com todos os ocupantes da cela, que devem avisar a quem está embaixo da aproximação dos guardas que fazem a ronda. Além de tudo isso, o buraco deve ser extremamente discreto, para não chamar a atenção.

Outro fator complicador é a condição insalubre dentro de um buraco úmido, extremamente quente e com ar de péssima qualidade. Apesar de todas essas dificuldades, Tatu já contava com onze fugas bem-sucedidas no currículo, todas pelo subsolo. Seis túneis serviram para que ele próprio fugisse. Outros cinco ele cavou a partir de fora dos muros da prisão, para a fuga de outros criminosos. Por isso foi procurado por Barão, com quem já havia trabalhado algumas vezes.

Tatu tinha cerca de 1,60m. Violento, mal-humorado e vaidoso, gostava de fazer as coisas do seu jeito. Havia angariado respeito no meio em função de suas habilidades técnicas e sobretudo pela excepcional aptidão para o trabalho. Era um operário incansável e obstinado, e aguentava tranquilamente grandes cargas de serviço.

Após alguns minutos de procura, Tatu localizou o carro. Antes de entrar, porém, não pôde deixar de admirar o veículo de luxo no qual Barão o esperava. Abaixou-se junto à janela do passageiro. Barão o reconheceu imediatamente.

— E aí, Tatu, tudo na paz?

— Tudo certo, Barão.

Os dois homens se olharam e trocaram um aperto de mãos. Tatu abriu a porta e colocou a mala no banco de trás. Em seguida, acomodou-se. Tocou discretamente no couro do banco e passou os olhos pelo interior do carro, que tinha uma grande tela azul ao lado do volante e uma porção de ponteiros no painel. O descanso de braço era pontuado por vários botões. Tatu não fazia ideia para que serviam. Notou que o câmbio era automático e que havia vários controles sobre o volante.

Puxou um pente do bolso, baixou o espelho do para-sol e começou a se pentear. Dirigiu-se para Barão, enquanto conferia o penteado.

— Mas e aí, me fala? Quem a gente vai tirar da grade dessa vez?

— O lance é outro. — Barão deu partida no carro, acelerando-o em direção à saída do aeroporto. O motor emitia um som grave e forte, assim como a voz de Barão. — Já entrou num banco?

— Só pra pagar conta de carnê.

— Pois agora a gente vai fazer um bom saque.

— Que negócio é esse? Tá querendo cavar um buraco embaixo do banco? Isso é coisa de filme, cara!

— Tá dizendo que não consegue? — A voz de Barão era provocativa.

— Eu entendo de buraco, mas os que eu fiz não precisavam de muita exatidão. Se passasse debaixo do muro da cadeia tava bom. Você precisa é de um engenheiro, e dos bons.

— Pensei em chamar o Brita.

— Só se você for chapa do homem lá de cima, porque o Brita foi pro céu.

— Merda... O que é que rolou? Brigou com alguém na prisão?

— Pior... Levou uma facada da mulher. Antes tivesse ficado lá dentro — disse Tatu, amargurado.

Os dois continuaram em silêncio. Barão ficou visivelmente incomodado com a notícia. Já pensava em resolver o problema, mas ainda não sabia como.

CAPÍTULO 4

Mineiro não parava de falar enquanto mostrava a nova decoração do casarão para Barão e Carla. Saíram da cozinha em direção à sala ornamentada de maneira extravagante, assim como o resto da casa. As peças utilizadas, apesar de terem estilo, não combinavam bem umas com as outras.

Barão estava com cara de poucos amigos. Mineiro, porém, alheio a isso, dava vazão a seu constante bom humor:

— Tô curtindo esta casinha que vocês descolaram pra mim.

— Não esquece que você só tá aqui pra tomar conta. Vai ser o nosso QG, e não a casa da mãe Joana — advertiu Carla rispidamente.

— Já que nenhum hotel do Ceará te aceita mais... — Após inúmeros golpes que dera nos clientes enquanto trabalhava nos hotéis, a fama dele não era das melhores.

— Acredita que até cassaram minha licença? Quatro anos de faculdade pra nada — acrescentou Mineiro.

— Eu não chamaria esse relógio no teu pulso de nada — disse Carla, apontando para o braço de Mineiro. Mineiro riu.

— A gringa até que era jeitosa, a danada.

Carla ignorou o último comentário de Mineiro. Abriu a bolsa e tirou um maço de cigarros. Procurou o isqueiro, sem sucesso. Voltou-se para ele:

— Tem fogo?

— Parei de fumar.

Barão tirou o isqueiro do bolso e jogou-o com displicência para Carla. Estava impaciente com aquela perda de tempo.

— Vamos ao que interessa. Tatu, Décio e Firmino estão dentro. Hoje vou falar com o Léo, que vai ajudar na segurança. Mas a gente ainda precisa de um engenheiro.

— Ninguém na moral? — perguntou Mineiro.

— Ninguém — resmungou Barão, pegando de volta o isqueiro da mulher e acendendo uma cigarrilha.

— A gente vai ter que encontrar um civil, então — acrescentou Mineiro.

— É, tô sabendo, mas não gosto da ideia. Não é o tipo de trabalho que dá pra sair fazendo entrevista — disse Barão, preocupado.

Mineiro abriu um sorriso.

— Imagina só: procura-se engenheiro com boas qualificações. Plano de saúde e aposentadoria antecipada. Precisa falar inglês e possuir ficha criminal.

Barão olhou sério para ele, sem achar graça do comentário.

Naquela tarde, Barão foi à casa de Gouveia. Foi recebido pelo próprio dono e levado até a sala do suntuoso imóvel, onde se sentou num confortável sofá de três lugares. A casa ficava situada em uma encosta, de frente para o mar. A sala era envidraçada, e possibilitava uma visão belíssima da capital cearense. Àquela hora do dia, no pôr do sol, várias gaivotas cruzavam o céu, mergulhando certeiras na água, em busca de comida. Gouveia estava em pé, junto a um bar em um canto da sala. Barão aguardava o amigo acabar de servir as bebidas.

Gouveia era um dos homens mais prósperos do Ceará. Já tinha financiado Barão mais de uma vez desde que se conheceram, havia muitos anos. Entrava com o dinheiro e tinha direito a um terço de todo o produto do crime. Exigia sigilo absoluto de Barão quanto à sua identidade, e não tinha escrúpulos em eliminar qualquer um que desconfiasse de sua participação. Ficou bem animado em poder contar com Barão para o assalto, uma vez que ele já provara diversas vezes sua capacidade de comandar ações bem-sucedidas. Confiava no homem e estava curioso com o que ele tinha para lhe falar. Não pôde, entretanto, perder a oportunidade de testá-lo.

— Se for pra me dizer que não dá conta do recado, me fala logo que eu arrumo outro jeito.

Ah, seu filho da puta presunçoso. Um dia vou fazer você engolir essa sua petulância, pode esperar!

— Gouveia — a voz de Barão era contida —, você tá cansado de saber que quando me proponho a fazer uma coisa vou até o final.

— Calma aí, rapaz. Foi você que me disse por telefone que está com um problema. Só estou tentando entender a situação. — Gouveia estendeu o copo a Barão.

— O que eu disse é que talvez tenhamos que repensar o plano.

— Repensar por quê? — perguntou, enquanto sorvia o uísque.

— O cara com quem eu contava para projetar o túnel não tá... disponível. E não conheço mais ninguém que tenha colhão pra aceitar a tarefa.

— Pois eu conheço — tranquilizou Gouveia.

Na manhã seguinte, Doutor atendeu o chamado de Gouveia apressadamente. Não era comum ser chamado tão cedo pelo patrão, que nunca tinha hora para acordar. Gouveia estava em seu escritório, escrevendo sobre uma pilha de papéis. Doutor entrou, batendo na porta. Gouveia levantou a cabeça, com um sorriso.

— E aí, mestre, como vai a obra?

— Andando. A sauna vai ficar pronta junto com a piscina, não se preocupe. Tudo para o seu bem-estar.

— Senti uma ironia, Doutor?

— De maneira alguma.

— De repente, se o senhor não passasse tanto tempo pregando para os operários...

Gouveia fechou os olhos, esperando a reação de Doutor, que ficou vermelho e passou a discursar, inflamado:

— Nós, comunistas, recusamos ocultar nossas opiniões. Declaramos abertamente que nossos fins só podem ser alcançados pela transformação violenta de toda a ordem social existente. Se quiser me demitir, fique à vontade.

Gouveia abriu um meio sorriso, satisfeito.

— Claro que não, Doutor! Me diga uma coisa: o que o senhor acha do sistema bancário?

— Como Lênin disse — Doutor falava como se já tivesse repetido aquela frase um milhão de vezes —, o roubo de um banco não é nada comparado à fundação de um banco.

Gouveia recostou-se na cadeira, sorridente. *Até que enfim arrumei uma utilidade para esse comunista de merda.*

Barão, Mineiro e Tatu conversavam numa mesa no canto de uma boate de striptease. Barão falava e era ouvido atentamente por Tatu. Mineiro, distraído, prestava mais atenção às dançarinas do que ao que Barão dizia. O ambiente era escuro e o ar, viciado de fumaça de cigarro. À meia-luz, várias garçonetes circulavam por entre as mesas, em roupas sumárias. Outras dançavam na mesa daqueles que pagavam por um show particular.

Mineiro era um incorrigível apreciador das mulheres. De todas elas. Não fazia distinção entre novas ou velhas, pretas ou brancas, pudicas ou devassas. Desde muito cedo, percebeu que provocava fascínio no público feminino, e não perdia tempo. Sua boa aparência e as roupas caras formavam um conjunto que agradava as mulheres.

O grande problema de Mineiro era que seu interesse por trabalho era inversamente proporcional à queda que tinha pelo sexo oposto. Não gostava nem um pouco de trabalhar, mas precisava de dinheiro para sustentar seu modo de vida. Era um *bon vivant*, e passou a cometer pequenos delitos para bancar os restaurantes caros e as mulheres dispendiosas com as quais saía.

Seus pais insistiram até o limite contra esse estilo de vida. Mas a personalidade do rapaz prevaleceu, e ele parecia feliz com isso. Extremamente bem-humorado, também tinha outra característica marcante: a inconsequência quanto aos resultados de seus atos.

Mineiro poderia ser definido em uma expressão: era um cara boa-praça, de quem todos gostavam. De temperamento tranquilo e expansivo, beneficiava-se da simpatia gratuita que provocava nos outros. Filho da classe média, mas amante do dinheiro fácil, chegou a se formar em hotelaria. Em seguida, começou a trabalhar em diversos hotéis, em cargos de gerência. Isso até descobrir a mina de dinheiro que aquilo representava, a julgar pelo nível dos hóspedes que atendia, a maioria estrangeiros. A partir daí, começou a dar pequenos golpes, em especial nas mulheres, a quem seduzia e de quem depois se aproveitava. Foi sendo demitido de todos os empregos e tanto fez que sua entrada foi proibida na maioria dos hotéis do estado. Era também um excelente líder. Conseguia agregar um grupo em prol de um objetivo comum, e por isso fora chamado por Barão para coordenar os trabalhos de escavação do túnel.

Enquanto olhava as dançarinas, entre um gole e outro de cerveja, pensava em Carla. Tinha conhecido a mulher anos antes e havia gastado algum dinheiro para ir para a cama com ela. Na época, não sentira nenhuma atração especial, apesar de ser inegavelmente bonita. Não sabia, portanto, os motivos que o levavam a sentir agora um tesão especial por ela. Perguntava-se se isso acontecia porque agora era a mulher do Barão. Segundos depois resolveu prestar atenção à conversa entre os dois homens. Carla poderia ficar para depois.

O bar era frequentado por homens bem-sucedidos de meia-idade, ávidos por sexo. Não seria um local aonde Tatu iria, mas, naquela noite, Barão estava pagando a conta. Dois seguranças se postavam em frente ao palco para impedir que os clientes, animados pela bebida, fossem dançar com as strippers. A música era alta, e Barão tinha que elevar a voz para ser ouvido. Tatu tinha um copo de cachaça à sua frente. Mineiro pedia ao garçom uma segunda garrafa de cerveja. Barão tomava uísque. Tatu coçava a cabeça, contrariado com o que Barão relatava.

— Pô, Barão! Começar a trazer gente de fora vai acabar melando tudo — desabafou o mestre de obras.

— Tu quer se encarregar disso? Porque tu mesmo disse que não tem competência...

— Sei lá... de repente...

— Cavar é uma coisa, projetar é outra — disse Mineiro distraidamente.

— A gente precisa de um especialista, Tatu — completou Barão. — E me garantiram que o cara é firmeza.

— Mas não é do ramo! — protestou Tatu.

— Agora é — decretou Barão.

— Tá certo — Tatu conformou-se. — Se você diz que o cara não é comédia, eu vou acreditar. Mas vamos deixar bem claro: ele só tá aqui pra me ajudar. Eu mando, ele obedece.

— Não, Tatu. — Barão encostou-se na mesa, chegando mais perto, de maneira ameaçadora. — *Eu* mando e vocês obedecem. Se não tá satisfeito com esse arranjo, pode esquecer.

Mineiro interveio, percebendo que a conversa estava ficando perigosa:

— O Tatu tá satisfeito, sim, não é, Tatu?

Tatu hesitou por um momento, mas meneou a cabeça, concordando relutantemente.

— É bom mesmo. Porque, se vagabundo não trabalhar junto, vai acabar tudo em cana ou virando cadáver. E eu garanto que não vou ser nem uma coisa nem outra — completou Barão, tomando um longo gole de uísque.

Uma dançarina se aproximou de Barão, e ele a afastou, impaciente. A moça tentou insistir e Barão se irritou, ameaçando empurrá-la. Mineiro então a puxou para o colo, cochichando em seu ouvido. A mulher sorriu e os dois se levantaram. Mineiro olhou de passagem para Barão, piscando um dos olhos, em sinal de cumplicidade. Barão fechou a cara e continuou a beber seu drinque.

CAPÍTULO 5

A NOITE DE FORTALEZA SOPRAVA uma brisa morna em direção ao continente. O céu estrelado anunciava mais uma noite de calor. A lua minguava, como uma fenda luminosa no céu escuro. Em uma mesa de praça, Barão jogava xadrez sozinho, concentrado. No momento em que o último bispo branco sucumbiu ao cavalo adversário, ele encurralou o rei.

— Xeque-mate — disse para si mesmo.

Neste momento, Moacir se aproximou. Colocou nervosamente um envelope pardo sobre a mesa e sentou-se.

Moacir era um dos vigilantes do Banco Central. Trabalhava no BC havia alguns anos e tinha acesso às informações de interesse de Barão. Tinha sido contatado por um dos homens de Gouveia, que lhe oferecera parte do dinheiro roubado. Era um contrato de risco, mas Moacir achou que valia a pena. Achava impressionante que seu salário fosse tão baixo, sendo um dos responsáveis pela guarda de milhões em dinheiro vivo. Julgava ultrajante a desvalorização, e achava que era a hora de se vingar.

— Barão? — perguntou, pois não o conhecia.

— Tá atrasado — acusou Barão, encarando o homem.

— Inventaram um teste de segurança de última hora na empresa.

— Isso vai atrapalhar a gente?

— Na verdade, vai ajudar. Me entregaram o mapa de cobertura dos sensores de movimento. Nem precisei fuçar.

— Bom. Tô entendendo por que o Gouveia te recomendou — disse Barão, satisfeito.

— Cada um faz a sua parte.

Barão desviou os olhos para o envelope. Voltou-se novamente para Moacir.

— Então me fala da sua...

Moacir abriu o envelope, depositando seu conteúdo sobre a mesa. Alguns mapas, fotos e um CD. Passou então a explicar:

— Aqui estão as plantas do cofre, com a disposição das câmeras e dos sensores de movimento.

Moacir abriu um dos mapas, apontando alguns pontos, e começou a explicar como era a dinâmica da segurança no Banco Central.

— O cofre tem cinco câmeras. As duas na entrada pegam os fundos da sala. As três no meio vigiam a parte da frente.

Barão se aproximou, interessado, enquanto ouvia as explicações de Moacir.

Barão marcou a primeira reunião de todo o grupo no casarão. Todos já estavam presentes, com exceção dele próprio e de Décio. Alguns já se conheciam de outros assaltos e conversavam a respeito de suas vidas. Num canto da sala se posicionaram Caetano, Saulo, Léo e Firmino. No outro, Tatu discutia com Doutor. A antipatia entre os dois fora imediata.

— Tu não vai achando que só porque tem um diplominha de merda vai mandar em mim, não, viu, coroa?

— O que é isso, meu filho? Eu não mando em ninguém, é o meu conhecimento que vai prevalecer sobre a ignorância técnica dos demais.

— E para de falar difícil, velho!

Mineiro e Carla ocupavam duas poltronas no centro da sala. Mineiro tentava começar uma conversa, mas Carla não estava disposta a ouvi-lo. Ela usava uma de suas roupas provocantes e se sentava com as pernas cruzadas, impaciente. Aguardava ansiosa a chegada de Barão para que a reunião começasse logo.

Eu no meio desse monte de peão. Mas a vida é assim mesmo: um dia você está passeando pelas ruas mais chiques da Europa, no outro está no meio dessa ralé. Se acalma, Carla. Está chegando o dia em que você vai voltar a viver em alto estilo. E o Barão que não chega?

A campainha tocou e Mineiro levantou-se para atender. Caminhou pelo corredor que margeava a casa e desceu as escadas em direção ao portão. Abriu-o parcialmente e deu de cara com um homem. Reparou na tatuagem que lhe cobria um dos ombros. Cumprimentou-o:

— Prazer, amigão. Você é...

— Décio. Tô atrasado?

Mineiro sorriu, estendendo-lhe a mão.

— Tá tranquilo, irmão. Seja bem-vindo.

Mineiro deu passagem e Décio entrou. Antes de voltar, porém, deu uma olhada para fora, verificando se estava tudo limpo. Fechou o portão e seguiu para o interior da casa, acompanhado por Décio. Ao entrar, apresentou-o ao grupo:

— A Carla você já conhece. — A mulher apenas balançou a cabeça, desinteressada. O gesto não passou despercebido a Décio, que aproveitou para olhar as pernas dela. — Este aqui é o Doutor, nosso engenheiro. O Tatu é o mestre de obras. Saulo e Firmino vão ajudar na escavação com o Caetano. — Décio cumprimentou todos, apertando-lhes a mão, amistosamente.

Mineiro foi em direção a Léo, que analisava um dos mapas sobre a mesa da sala.

— E esse aqui é o Léo. — Mineiro bateu nas costas de Léo, que se virou para cumprimentar Décio. Este, ao identificar o homem, arregalou os olhos e sacou a pistola, gritando:

— Esse cara é polícia. Eu conheço ele! Que merda é essa?! É uma armadilha essa porra?! — Décio se transformou, ficou extremamente tenso. Os outros integrantes do bando se assustaram, afastando-se dos dois homens que se encaravam. Mineiro também se assustou com a reação de Décio e deu um passo para trás, involuntariamente. Léo fechou a cara, mas não se abalou com a arma apontada para sua cabeça. Ao falar, sua voz era cortante:

— Ô babaca, se quiser atirar, atira logo, mas mira direito que não vai ter outra chance.

Mineiro recobrou o controle e interveio, tentando resolver a situação antes que o pior acontecesse.

— Relaxa, *brother*, ele tá com a gente. Confia em mim. Abaixa essa arma — disse, tentando manter a calma. Décio continuava nervoso.

— "*Brother*" é o caralho! Eu te conheço?! Cadê o Barão?! Cadê o Barão, porra?! — Descontrolado, Décio apontou a arma para a cara de Mineiro.

— Tá vindo aí, Décio. Abaixa essa arma antes que você faça alguma bobagem.

Aproveitando-se da distração dele, Léo rapidamente sacou sua arma, apontando-a na direção do homem. Mas, apesar de tudo, Léo mantinha a calma.

— Eu avisei, imbecil. E agora, vai fazer o quê?

— Tá vendo? — Décio olhou rapidamente para Mineiro. — O cara é porco mesmo. Eu conheço ele, quem apanha não esquece, não, macho. — O sotaque de Décio era carregado.

Léo não fazia ideia de quem era o homem que lhe apontava a pistola. Décio, ao contrário, lembrava nitidamente do dia em que passara a noite apanhando dele e de outros dois homens cujos nomes não lembrava. Tinha sido uma das piores noites de sua vida, e ele prometeu se vingar.

Que azar encontrar esse cara justamente aqui. Será que é uma armação? Quem é que aprontou isso tudo pra mim? Mas não vou me entregar fácil, não. Neguinho vai morrer comigo!

— Você que chegou sacando arma, otário — disse Léo.

— Vocês estão malucos?! Abaixa essas porras de arma, caralho! — Mineiro fazia a última tentativa de evitar que os dois se matassem. Firmino já estava com a mão sobre a arma, na cintura, pronto para sacar. Tatu empunhou uma faca. O clima era de extrema tensão. Ninguém se mexia.

— Que palhaçada é essa? — A voz de Barão soou inconfundível, vinda de outra porta da sala. O silêncio caiu, absoluto. — Abaixa as armas, todo mundo — ordenou, com raiva.

Léo e Décio continuaram empunhando suas pistolas. Nenhum dos dois queria correr o risco de ceder. Barão então elevou a voz:

— Agora!

Léo abaixou a arma, lentamente. Décio o seguiu. Os dois se encaravam, irados. Barão se adiantou e se postou entre os dois.

— Mineiro, recolhe as armas.

Mineiro estendeu as mãos na direção de Décio e Léo, que lhe entregaram as pistolas. Virou-se, certificando-se, com cara de alívio:

— Mais *alguém* tá armado aqui?

Firmino entregou-lhe a sua. Tatu passou-lhe a faca. Os demais indicaram, com as mãos, que não estavam armados. Barão continuou a falar:

— O que é que tá acontecendo? — perguntou em voz baixa, dando um trago no cigarro. Décio respondeu, em tom de súplica:

— O cara é polícia, Barão!

— Não é mais — cortou Barão. — Conta pra eles, Léo.

Léo olhou para Barão, estranhando a ordem. Não estava disposto a contar sua vida para desconhecidos, mas não tinha opção. Olhou para baixo e começou a falar:

— Fui expulso da corporação dois anos atrás.

— O que foi que você fez, polícia? — perguntou Doutor, com sua voz esganiçada.

— Nada que os outros não fizessem também... Estava tirando o meu por fora, como é de lei. Aí pintou sujeira e me fizeram de exemplo.

— E você mudou de lado? — Saulo perguntou sarcasticamente.

Mineiro mais uma vez se adiantou:

— Aqui não tem esse papo de lado... O que todo mundo quer é ganhar seu dinheirinho honestamente ou não. É ou não é?

O comentário de Mineiro serviu para relaxar um pouco os ânimos. Ele continuou:

— O importante é que tá todo mundo junto nessa. Senão, é melhor a gente parar por aqui.

Barão não perdeu tempo e sibilou:

— Ninguém vai parar nada. As discussões acabaram aqui. Quem quiser sair vai ser desta pra melhor. Estamos entendidos?

Barão encarou todos, que assentiram com o olhar.

CAPÍTULO 6

Mineiro estava sentado à mesa da sala do casarão. Tinha à sua frente uma lista telefônica e um classificado de imóveis de Fortaleza. Usava uma camiseta sem manga. Lamentou que o lugar não tivesse ar-condicionado.

— Boa tarde. A respeito de um imóvel... Sei, já foi alugado. Você tem alguma coisa disponível nessa área?... Não, não serve, é muito longe... hã?... Longe de tudo, minha filha, isso não é problema seu! — desligou o telefone, irritado.

Puxou o caderno de classificados, olhando-o de perto. Circulou outro imóvel e telefonou.

— Alô. Oi, minha querida, estou querendo informações a respeito do imóvel que vocês estão alugando. Quanto é?... Quanto? Tá maluca? Tá pensando que eu sou o quê, ladrão de banco?

Mineiro se levantou, desanimado. Reparou que Barão e Carla o observavam. Barão fazia uma cara feia, não achando graça da piada ao telefone. Mineiro deu de ombros, com um meio sorriso no rosto, e foi para o banheiro.

Horas mais tarde, após muitos outros telefonemas, Mineiro estendeu um mapa da região sobre a mesa. Colou no mapa fotos de vários imóveis disponíveis, com a inscrição “aluguel” sobre cada um. Ao lado das fotos, Mineiro tinha grudado pequenos adesivos, indicando padarias, restaurantes, locadoras e outros estabelecimentos vizinhos. Um adesivo maior se destacava no mapa. Nele estava escrito "Banco Central".

Barão, Carla e Tatu se aproximaram para avaliar o mapa. Doutor veio em seguida, estendendo, ao lado do primeiro mapa, outros com detalhes topográficos, das redes elétricas, de água encanada, de esgoto e de gás. Postou-se no meio do grupo e passou a analisar os mapas, medindo-os com uma régua e um compasso. Após alguns minutos de silêncio, apontou com o indicador um ponto do mapa.

— Esse aqui é o menos pior. Fica a uns oitenta metros do banco. O único problema é que tem um canal no caminho. Vamos ter que fazer o túnel passar por baixo.

Barão se aproximou do ponto indicado por Doutor. Sem tirar os olhos do mapa, perguntou:

— Quanto tempo pra cavar?

— Vai depender do que tem lá embaixo — respondeu Doutor.

— Você não é engenheiro, porra? Não sabe o que vai encontrar? — Tatu dava vazão à antipatia por Doutor.

Doutor olhou para Tatu. Sua voz cansada saiu calma, mas enfática:

— Ninguém sabe. Isso aqui é Brasil. Chega a companhia de gás, faz uma coisa. Seis meses depois vem o pessoal da companhia de água e mexe em tudo. Ninguém se entende nunca. Eu trabalho com o que tenho. O que você podia esperar em um país onde o serviço público está nas mãos da iniciativa privada?

— Mas chuta uma data aproximada — pediu Mineiro.

Doutor se aproximou novamente do mapa. Passou a mão pelo rosto, pensando.

Nunca fizera nada parecido com um túnel, embora tivesse conhecimentos básicos a respeito. Tinha dedicado a vida profissional a construir casas e pequenos edifícios, o suficiente para sobreviver e para ajudar a manter as organizações que frequentava. Às terças-feiras, ia para o comitê do Partido Comunista, onde passava noites discutindo a aplicação dos axiomas de Marx no mundo moderno. As noites de quinta eram consumidas na sede do sindicato dos engenheiros. Estava em campanha até ser convidado para o assalto. Fazia parte da chapa Socialismo Ativo, da qual era o diretor de relações intersindicais. E aos sábados o almoço era desfrutado junto a velhos companheiros do Partidão, em uma pequena e obscura livraria de uma ruela do centro de Fortaleza.

Os anos se passavam, mas as discussões eram sempre as mesmas: socialismo e capitalismo. A cabeça de Doutor voltou para a sala do casarão. *Quanto tempo levo pra cavar essa porra de buraco?*

— Calculo uns quatro meses.

Barão olhou para ele, preocupado.

— Nós temos três meses. Falei com o contato da vigilância, e o roubo tem que ser feito no dia 6 de agosto, um sábado. Dá pra ser?

— Vai ter que dar — aceitou Doutor, com alguma insegurança. — O problema vai ser depois do túnel pronto. O piso do banco é de concreto reforçado com aço.

— Deixa isso com o papai aqui — completou Tatu, apontando uma lanterna para o rosto de Doutor, que ignorou o comentário e voltou-se para Barão:

— Já tem ideia do que vai ser a empresa?

Dias depois, o trabalho era frenético na casa que a quadrilha alugara. Caetano e Firmino, cada um numa escada, colavam o painel sobre a porta. Décio e Saulo pintavam a fachada da frente de verde. Junto ao portão, Mineiro observava o trabalho, satisfeito. Duas moças passaram atrás dele. Mineiro as cumprimentou, bem-humorado, sem conseguir tirar os olhos das pernas da que parecia mais jovem. Ela vestia um short minúsculo. As mulheres, percebendo o interesse de Mineiro, não disfarçaram a satisfação, caprichando nos trejeitos. Mineiro relutantemente virou-se para observar a colocação da placa.

— Mais pra direita... só mais um pouco. Agora sobe... levanta mais... anda, Firmino, não seja tímido, meu filho... aí, aí, pode fixar. Maravilha!

Mineiro enquadrou de longe a placa com os dedos e disse, jovialmente:

— Gramin, a empresa de grama sintética mais próspera do país. — *E Mineiro, o quase milionário que vai passar o resto de sua existência levando a vida que merece!*

No interior da casa, Léo colocava trancas nas janelas. Tatu e Décio arrumavam os móveis. Carla varria os cômodos. Barão aparecia de vez em quando para ver o andamento do trabalho. Dava orientações a respeito de como queria as coisas. Mineiro e Carla eram responsáveis por repassá-las ao grupo.

A casa demorou dois dias para ser arrumada. A recepção foi montada em madeira, com dois sofás que serviam como sala de espera. A cozinha tinha fogão, geladeira e uma mesa para pequenas refeições. O quarto onde o túnel seria cavado era o mais vazio: tinha só uma mesa para os mapas e uma pequena televisão. Um pedaço de madeirite, coberto por uma lona preta, foi colocado junto a uma parede. Serviria para cobrir o buraco, quando necessário. Um cavalete de madeira havia sido construído para facilitar a subida dos baldes cheios de terra, que seriam suspensos por uma corda acoplada à haste superior. Outro quarto servia como dormitório. Tinha dois beliches, uma rede e alguns colchonetes.

Os primeiros equipamentos começaram a chegar, discretamente, à casa. Tatu entrou com a britadeira, ajudado por Saulo. Caetano e Firmino trouxeram as pás, as enxadas e as picaretas. Décio veio com uma mochila, os óculos e as luvas. Saulo trazia outros pequenos utensílios que serviriam ao dia a dia da quadrilha. Mineiro levou para a cozinha um saco plástico com dúzias de caixas de anfetaminas. *O trabalho não vai ser mole, e nada melhor do que um incentivo para o pessoal se manter atento.* Doutor analisava os mapas, impaciente com a movimentação dos homens, que atrapalhavam a sua concentração.

Doutor era um engenheiro de 65 anos. Havia se formado na Universidade Politécnica de São Petersburgo, na Rússia, em 1960. Ainda podia se lembrar do vento gélido que soprava em seu rosto enquanto descia, a pé, a rua Polytechnicheskaya, em direção ao número 29. A universidade fora fundada em 1902 e era berço de grandes cientistas russos.

Foi lá que conheceu a doce Ivana Nikolaevna, que o iniciou nos mistérios do comunismo e do sexo. Os cinco anos que passou em sua companhia foram os melhores de sua vida. Em sua carteira, Doutor guardava, com carinho, uma foto amarelada de Ivana, e jamais se esquecera das noites geladas que passou abraçado a ela, no escuro quarto da pensão. Ali, as madrugadas eram povoadas de grandes heróis russos. Do improvável Rasputin a Lênin, Doutor bebia da fonte da cultura soviética, e jamais se saciava.

Em São Petersburgo, no coração da União Soviética, Doutor se convenceu dos males do capitalismo e das glórias do socialismo. Seu fascínio pelo comunismo se inflamou quando teve o primeiro contato com a obra de Engels. Em seguida, devorou o Manifesto do Partido Comunista e se apaixonou por Marx.

Retornou ao Brasil contra a vontade, pois a disciplina do Estado soviético não permitira sua permanência no país. Sua capacidade intelectual mediana e as envolventes pernas de Ivana fizeram com que não atingisse as notas mínimas para ser aceito no programa de mestrado da universidade.

De volta ao Brasil, após trocar juras de amor eterno com a namorada, tratou de se filiar ao clandestino Partido Comunista Brasileiro, mais conhecido como "Partidão". Ficou rapidamente famoso por sua postura radical, e suas opiniões eram respeitadas pelo fato de ter vivido tantos anos em solo soviético.

Daí para a luta armada foi muito rápido. Passou alguns anos na clandestinidade e participou ativamente do Movimento Revolucionário 8 de Outubro, que promoveu diversos ataques a bancos em São Paulo.

Mesmo depois de tantos anos, Doutor continuava um comunista devotado. De fato, acreditava que a revolução era o único meio de se implantar um regime justo para as classes trabalhadoras. Não perdia a oportunidade de vociferar contra a burguesia, a quem atribuía todos os males do mundo. Enquanto olhava para o mapa, sentia que o que estava prestes a fazer seria um golpe na sociedade de consumo. Vibrava com aquilo.

Enquanto isso, Carla recebia a comida em quentinhas, no portão da casa. Pagou o motoboy que trouxera as marmitas. O rapaz, sorridente, ficou apreciando Carla voltar para o interior da casa. A mulher, notando o interesse, sorriu e se requebrou ainda mais enquanto caminhava. Percebendo o flerte, a vizinha do outro lado da rua, uma senhora de uns sessenta anos que passava os dias sentada em frente à porta de casa, levantou-se de sua cadeira, reclamando da pouca-vergonha.

Tudo pronto, Barão apareceu para vistoriar a casa. Satisfeito com o resultado, tirou uma garrafa de champanhe da bolsa. Todos ficaram animados e encheram os copos de plástico. Brindaram alegremente. Barão chamou Mineiro a um canto.

— Aí, Mineiro. Conto contigo pra gerenciar essa peãozada.

— Deixa comigo, Barão. Todo mundo vai trabalhar feliz da vida.

Barão encarou Mineiro com um meio sorriso. Deu uma última advertência:

— O pessoal é ponta firme. Mas qualquer problema me fala que eu resolvo.

— Esquenta não, chefia. Tá comigo, tá com Deus. Tô vendo que vai ter algum probleminha entre o Léo e o Décio e entre o Tatu e o Doutor, mas nada que a gente não consiga resolver.

— Mas essas brigas até que podem ser boas pra nós, Mineiro. Tem que ter uma tensão entre os caras. Unidos temos que ficar nós. Deixe que eles se dividam.

— Não larga o Maquiavel nunca, né, Barão?

— Jamais. E aconselho você a usá-lo também. Você é muito bonzinho.

— Fica frio, Barão. Devagarzinho tudo sai do meu jeito, você vai ver.

Dizendo isso, Mineiro afastou-se de Barão e foi conversar com os homens. Fez questão de falar com todos. Ficaram conversando mais alguns minutos, e então todos foram acabar de organizar as coisas para o trabalho do dia seguinte. Léo foi para casa ver a esposa. Doutor, Tatu e Firmino foram dormir, enquanto os outros foram se despedir das famílias e dos amigos, pois sabiam que a partir do dia seguinte o trabalho seria pesado.

Mineiro estava ansioso demais para conseguir dormir e resolveu aproveitar a noite para conhecer a rua onde moraria nos próximos meses. Ainda não tinha conseguido nenhum tempo de folga desde o dia em que alugara a casa. Foi descendo a rua até encontrar um boteco, a pouco mais de trezentos metros. Entrou e sentou-se a uma mesa de ferro, ao lado de dois idosos, que passaram a cochichar. Mineiro percebeu, mas fez-se de desentendido. Logo um deles lhe perguntou:

— Ô meu amigo. Tudo bem? Novo no bairro?

— Boa noite — cumprimentou Mineiro, simpático. — Pois é, estamos abrindo uma firma logo ali.

— Ah, tá — o outro homem falou. — Grama sintética, né? Me explica aí o que é esse negócio. É pra campo de futebol?

— Também. Mas não tem nada de mais. A gente fornece grama pra quadras de esporte, playgrounds... Todos os lugares em que as pessoas pisam muito, sabe?

— O que ele quer saber é se num negócio desses dá pra pegar mulher — insinuou o primeiro homem, sacaneando o outro, que sorriu, em confirmação.

Mineiro sorriu, malicioso. Bebeu um longo gole de cerveja e acrescentou:

— Ô, meu amigo, mulher dá pra pegar em qualquer lugar. Se tiver um bom papo e algum dinheiro, dá pra ser até dono de funerária. — *Desde que você não seja o morto ou um quase morto como vocês.*

Os dois velhos riram, animados. Mineiro olhou para a dona do bar, atrás do balcão, e pediu:

— Querida, vê mais duas cervejas aqui pros meus amigos e a chave do banheiro também. — Mineiro se levantou e foi em direção à mulher. Ela colocou as garrafas no balcão e entregou as chaves para ele. Era uma senhora de meia-idade, com os cabelos arrumados e o olhar cobiçoso. Olhou para os homens na mesa e voltou-se para Mineiro, que já segurava as chaves.

— Não sei como você dá atenção para esses velhos safados — disse, desdenhosamente.

— São gente boa — respondeu Mineiro, olhando na direção dos dois. — Só querem umas dicas pra conhecer mulheres interessantes.

A mulher se aprumou, enxugando as mãos no avental. Mineiro deu uma piscada para ela, sorrindo, e foi para o banheiro. Ela passou as mãos no cabelo, orgulhosa de si mesma. Olhou para trás, desconfiada, para ver se o marido não estava por perto. *Mas o que é que tem de mais olhar pra homens como esses? Se pelo menos o Juvenal prestasse atenção em mim de vez em quando, aquele traste. Na minha época, um pão como esses não me escapava. Ave Maria, que calor!*

CAPÍTULO 7

AINDA ERA DE MANHÃ, MAS O calor do Ceará era quase palpável de tão forte e úmido. Mesmo as pessoas acostumadas ao clima sentiam o desconforto causado pela umidade. No momento em que saiu do edifício de clínicas, Amorim puxou o lenço do bolso de trás da calça e enxugou a testa, molhada de suor. Sua mão direita começou a tremer, involuntariamente, movimento que ele tentou esconder segurando-a com a outra mão. Fez cara de preocupado e seguiu adiante para o estacionamento, a poucos metros dali.

Agora mais essa! Esse tal de mal de Parkinson. Aposto que essa é mais uma dessas doenças que surgiram agora. Antigamente ninguém morria dessa porra, mas agora, com essas porcarias que a gente come, tudo com agrotóxico, hormônio e toda a merda que põem no nosso prato, é isso que dá. Antigamente ninguém tinha esses negócios, não, pensava Amorim, enquanto caminhava de volta para o carro.

Francisco Amorim era um delegado da Polícia Federal em fim de carreira. Tinha começado cedo na PF, e já se passavam mais de quarenta anos desde que assumira seu primeiro posto, na cidade de Brasileia, no Acre. Após todo esse tempo na polícia, adquiriu uma experiência invejável em métodos de investigação, ou, como os policiais gostavam de dizer, no faro policial. Atuou em casos de grande repercussão por todo o país, sempre de maneira discreta. Mas, a despeito de sua profunda competência, sentia que estava ficando ultrapassado.

Amorim havia se formado acreditando que o mais importante para um bom policial era a sua intuição, aliada ao conhecimento do comportamento do criminoso. Por mais de vinte anos, o domínio dessa técnica havia feito com que se destacasse como um bom investigador. Mas esse conhecimento era cada vez mais desprezado para dar lugar à tão propagada prova técnica. Os tubos de ensaio substituíram o *feeling* policial. Exames de DNA atreviam-se a ignorar um bom interrogatório. O olho a olho entre o criminoso e o policial já não tinha mais muito sentido. *A única coisa que a turma nova procura são digitais, fragmentos humanos, dados de um HD que possa ser analisado por sistemas complicados.* E disso Amorim não entendia, e por isso se sentia cada vez mais desatualizado. Gostava de se lembrar de quando a psicologia era estudada nos bancos das escolas de formação. Naquela época, o estudo da mente humana era essencial para um bom investigador. Já se fora o tempo em que Cesare Lombroso e Jacques Lacan figuravam na relação bibliográfica de trabalhos nas academias policiais.

Amorim não se atrevia a participar mais de seminários de inteligência policial. Ali não havia mais lugar para as técnicas que aprendera na Academia Nacional de Polícia, em Brasília, na década de 1970, quando fez o curso de acesso à instituição. Nas duas vezes em que tentou, teve que sair logo nas primeiras palestras, pois o que era para ser local de discussões a respeito de técnicas de investigação para ele parecia um curso de informática avançada. Assim, passou a evitá-los.

E o fantasma da aposentadoria o assustava. Apesar de não se sentir pronto para "pendurar as chuteiras", sabia que era inevitável, e estava bem próximo. Ao olhar para trás, Amorim tinha consciência de que não tinha tomado as decisões mais acertadas em sua vida. Quando lhe perguntavam se era casado, dizia que sim, com a Polícia Federal. O que antes era apenas um gracejo passara a amargurar Amorim, que começava a se arrepender.

Fora casado uma vez. Seu relacionamento com Ester havia terminado muitos anos antes, contra a vontade dele. Psiquiatra por vocação, a mulher encantou Amorim no primeiro encontro, quando os dois ainda começavam a trilhar os primeiros passos na profissão. Conheceram-se em uma seresta na cidade de Rio Branco, para onde o policial fora transferido, após passar uma temporada em Brasileia. Ester era gaúcha, mas vivia no Acre havia alguns anos, em função do trabalho do pai. Após se formar, montou um pequeno consultório onde passou a atender as poucas pessoas que confiavam seus problemas a ela. Meses depois, foi aprovada em um concurso da Secretaria de Administração Penitenciária do Estado, onde tinha a responsabilidade de avaliar os presos, a fim de determinar o grau de periculosidade de cada um deles.

A paixão entre os dois foi súbita e recíproca. Após o primeiro encontro, passaram a se encontrar quase todos os dias. Amorim contava como era o seu dia a dia, lidando com criminosos, a mesma atividade de Ester, mas com um foco diferente. Ela tinha a possibilidade de avaliar cada um deles e, a partir da experiência, passou a estabelecer padrões de comportamento.

Amorim se deliciava com as intermináveis conversas sobre a mente criminosa e lia avidamente a literatura indicada pela namorada. Em pouco tempo se casaram, com o plano de ter filhos o mais rápido possível. A primeira decepção veio logo, com a notícia de que a mulher era estéril. Sua fuga foi entregar-se de corpo e alma ao trabalho, tal como Amorim, que a cada dia se dedicava mais ao serviço policial. Doava todo o seu tempo às investigações.

O casamento durou cerca de dez anos e terminou naturalmente. Ester voltou para a casa dos pais, deixando Amorim cada vez mais obcecado pelo trabalho. Sempre, porém, que algum colega o alertava para o fato de que ele tinha que ter uma vida fora da polícia, Amorim logo se exasperava, dizendo para ninguém se meter. O fato é que, após a separação, Amorim chegou a namorar outras mulheres, mas sempre em relacionamentos breves e superficiais. O tempo passou rápido demais, e o que lhe restou foram os casos que resolvera, as pessoas que prendera, o dinheiro que recuperara. Como se sentia cada vez mais impotente para manter a rotina à qual havia se acostumado nos últimos anos, seu tempo livre se tornava mais e mais monótono. Não sabia onde isso iria parar.

E agora ainda havia o diagnóstico do médico. Tinha mal de Parkinson ainda em estágio inicial e estava extremamente preocupado com o que lhe aconteceria.

Amorim chegou até o carro. Sua mão já não tremia mais, e ele pôde tirar as chaves do bolso do paletó e abrir a porta. Sentou-se e ligou o ar-condicionado, que aliviou o calor.

Saiu do estacionamento e seguiu por vias secundárias, para evitar o trânsito mais pesado. Dirigia atrás de um caminhão que parou no meio da rua. Buzinou irritado, sem o menor efeito. *Mas que diabo!* Voltou a buzinar, impaciente. Logo um homem apareceu. Amorim foi logo reclamando.

— Ô meu amigo, tá achando que é o dono da rua?

— Calma, senhor, fica frio que o motorista já está terminando de descarregar a grama. Já vai sair.

— Mas isso não é lugar pra caminhão parar, porra! — Amorim estava nervoso. Não deixou nem que o homem respondesse e passou pela contramão, contornando o espaço ocupado pelo caminhão.

Após dirigir por mais vinte minutos, chegou à Superintendência da Polícia Federal, onde trabalhava. Estacionou e subiu, de elevador, ao terceiro andar do prédio, onde se localizava a Delegacia de Combate aos Crimes contra o Patrimônio, a Delepat.

A Polícia Federal possui uma série de competências que vêm se avolumando com os anos. É a instituição responsável por atribuições que são divididas em dois grandes grupos: os de polícia administrativa e os de polícia judiciária.

As atividades de polícia administrativa são as de emissão de passaportes da carteira nacional de vigilante e da carteira de estrangeiro, controle das empresas de segurança privada, controle de produtos químicos, para evitar que sejam usados na fabricação de drogas, e a concessão de porte de armas, entre outras.

Além disso, a PF ainda tem que dar conta das atividades de polícia judiciária, que são as atribuições policiais propriamente ditas. Para isso, estruturou-se em diversas diretorias, cada uma vinculada a crimes diferentes. As três principais diretorias são a Diretoria Executiva, a Diretoria de Inteligência e a Diretoria de Combate ao Crime Organizado. Esta última, conhecida por DCOR, possui uma Divisão de Combate aos Crimes contra o Patrimônio, ou DPAT, responsável por coordenar o trabalho das Delepats como a que Amorim chefiava, no Ceará.

O policial chegou à sua sala e reparou que a delegada Telma Monteiro estava de mudança para trabalhar com ele. Ela iria ocupar uma sala ao lado e já estava arrumando suas coisas. Amorim estranhou o fato de que ela montava dois computadores, um na sua mesa, outro em uma bancada à frente. Fez um muxoxo e deu vazão ao seu preconceito contra a tecnologia. Já tinha trabalhado em uma operação com Telma, a quem considerava muito competente. O problema era o gênio da mulher. *Ô mulherzinha difícil essa que me mandaram. Por que não uma pessoa da minha geração? Seria muito mais fácil. O problema é que achar gente da minha época tá ficando cada vez mais difícil. Quem não morreu foi pra casa, aposentado.*

Recostou-se na cadeira e fechou os olhos, suspirando. Ivan, um dos policiais da delegacia, veio lhe perturbar o sossego:

— E aí, chefe, tudo em cima?

— Ahn?... Oi, Ivan, tudo bem. Entre — disse Amorim, abrindo os olhos.

— Boa notícia. O senhor tá lembrado do Silvinho e do Túlio?

— Claro que sim. Operação... — Amorim coçou o queixo, procurando se lembrar.

— Taquaral — ajudou Ivan.

— Isso, Operação Taquaral. O que tem eles?

— Condenados. Acabou de sair. Quinze anos pra cada um.

A Operação Taquaral havia sido chefiada por Amorim anos antes. Prendera alguns prefeitos de cidades do interior que se haviam organizado para fraudar licitações de obras públicas.

É muito comum a PF atuar em casos de corrupção, principalmente no que diz respeito a irregularidades em licitações. No caso da Operação Taquaral, prefeitos de sete cidades criaram um sistema para cometer as fraudes, minimizando os riscos de serem pegos. Cada um fazia uma licitação fraudulenta, e a empresa contratada era aproveitada por todos os outros municípios, valendo-se de uma brecha legal. Dessa forma, como haviam cometido irregularidades em apenas um processo licitatório, ou pelo menos um em cada sete, podiam sempre alegar ter ocorrido um engano, pois não ficava caracterizada a reincidência que muitas vezes é necessária para a prisão dos criminosos.

— Que boa notícia, Ivan. Aqueles safados mereciam mesmo. E aí, como é que estão as nossas investigações?

— Tudo caminhando. Devemos ter novidades em breve.

— Que bom, Ivan. A gente tá precisando de uma coisa grande pra animar um pouco. Faz tempo que a gente não faz uma daquelas, né?

— É verdade, chefe, mas com certeza aparece.

CAPÍTULO 8

Mineiro saiu cedo da casa, pegou um táxi e se dirigiu a um prédio a poucos quilômetros dali. Pagou o motorista, desceu do carro e olhou para os dois lados, mais por hábito. Havia se acostumado a ser observador. Não custava nada se precaver. Passou por uma porta ao lado de uma farmácia e subiu dois lances de escada. Atravessou um corredor de paredes gastas e diversas portas dos dois lados. Parou em frente à de número 248 e tocou a campainha. Um homem abriu e sorriu largamente ao ver o cliente.

— Grande Mineiro. Sempre pontual!

— Fala, meu fotógrafo preferido. Como é que tá essa força? — disse, estendendo a mão ao amigo.

— A gente vai levando. Entra aí e não repara a bagunça. O que vai ser hoje?

— Tô meio enjoado do meu nome. Tem como arranjar um diferente?

Você é um cara que enjoa fácil. Já perdi a conta dos nomes que você já teve — gracejou o homem.

— Você sabe que eu sou um cara que não gosta de monotonia, né?

— Tô sabendo. Mas vamos começar pela foto?

Mineiro se dirigiu a um canto da sala, onde havia um miniestúdio, com uma câmera posicionada sobre um tripé e vários *spots* de iluminação. O fotógrafo se postou atrás da câmera, ajustando o foco. Corrigiu a postura de Mineiro, mandando que levantasse o ombro esquerdo.

— Olha o passarinho.

— Calma aí. Acho que tive uma ideia melhor — disse Mineiro, que se levantou e pegou um gorro pendurado em um cabideiro, junto a diversas peças de roupa. Colocou-o na cabeça. — Pronto, manda ver.

O homem olhou para Mineiro e começou a rir.

— Vai querer óculos escuros também?

— Bem que eu gostaria. Pena que ia dar bandeira demais...

O homem tirou a foto, puxou o cartão de memória da câmera e sentou-se ao computador. Mineiro acompanhava seu trabalho. Criara o hábito de falsificar sua identidade a cada trabalho que realizava. Após usar o documento, jogava-o fora. Até então, a técnica tinha funcionado perfeitamente.

— E aí? Ficou bom? — perguntou, referindo-se à foto de Mineiro, na tela do computador.

— Excelente — elogiou Mineiro.

O fotógrafo então se levantou e foi até um arquivo suspenso. Abriu uma das gavetas e tirou uma carteira de identidade em branco. Encaixou-a na impressora ao lado do computador e abriu outro programa. Um formulário apareceu na tela. Voltou-se para Mineiro, em tom profissional.

— Nome?

— Antônio da Silva — disse Mineiro.

— Data de nascimento?

Mineiro pensou um pouco. *Por que não?* Abriu um meio sorriso e respondeu:

— Coloca aí: 6 de agosto. Seis de agosto de 68.

Naquele mesmo instante, na Gramin, Doutor e Barão analisavam mais uma vez o mapa sobre a mesa. Doutor segurava um GPS e, com uma régua sobre o mapa, o conferia. Passou a explicar, em tom professoral.

— Bem — disse, indicando o ponto no mapa que correspondia ao local em que estavam —, nosso objetivo é cavar um túnel daqui até aqui — indicou o ponto que representava o Banco Central. — São 82 metros. Se começarmos...

Doutor se afastou da mesa. Barão o acompanhou com o olhar. Ele parou no centro do cômodo onde estavam e apontou para o chão:

— ...exatamente aqui.

Barão olhou para o ponto indicado por Doutor, e depois olhou para ele, que estava concentrado, já imaginando o trabalho que teriam dali para a frente.

— Por ora chega, Doutor. Vamos almoçar que daqui a pouco tem a reunião. Quero deixar todo mundo ciente do trabalho que vai fazer. Mas a questão do prazo é muito importante. Tu tem certeza que dá pra fazer em três meses mesmo? Tu tem consciência da grana que tá sendo investida nisso aqui, e que eu vou ter que prestar conta se a coisa não sair do jeito que a gente planejou?

Doutor sentiu o suor brotar na testa. Tentou não demonstrar as incertezas que ainda tinha em relação ao planejamento.

— Eu sei de tudo isso, Barão. Fique tranquilo que vamos fazer de tudo pra cumprir os prazos.

— Espero que sim, Doutor. É melhor pra todo mundo — Barão encarava o engenheiro, que abaixou os olhos, temeroso. — Agora vamos comer que eu tô morrendo de fome! Alguma preferência?

E eu não tô com um pingo de fome, depois do que esse projeto de psicopata me falou.

— Não, Barão, você escolhe.

Após o almoço, Barão e Doutor encontraram todo o grupo aguardando na sala. A novidade era a presença de Devanildo.

Doutor também notou a presença do jovem, mas, como Barão não disse nada, resolveu ficar calado. O rapaz parecia meio bobo, olhando as pessoas com os olhos arregalados. Estava admirado com o tamanho do grupo reunido no casarão:

— Nossa, quanta gente! Precisa disso tudo pra fazer grama?

Os homens da sala olharam para Devanildo, estranhando a pergunta. Barão olhou para Carla, indignado, e voltou-se para Devanildo. Tentava imprimir à voz um tom amigável:

— Devanildo, meu filho, vai comprar café que o trabalho é cansativo.

— Mas eu já comprei café hoje.

— Comprou da marca errada, meu amor. Vai lá e aproveita pra comprar um sorvete. — Carla, carinhosa, se aproximou de Devanildo, dando-lhe uma nota de 50 reais. Devanildo saiu pela porta, satisfeito. Léo, que observava tudo, foi o porta-voz do grupo:

— Qual é a do moleque, Barão?

— O moleque é meu irmão. Ele perdeu o emprego e tá precisando de uma força — disse Carla, secamente.

— Mas ele não tá sabendo de nada!? — retrucou Léo.

— Nem precisa saber — contemporizou Mineiro. — Pra ele, aqui é uma empresa legítima.

Barão não era muito afeito a concessões. Seguia uma disciplina rígida de procedimentos e não admitia nenhuma alteração que pudesse aumentar os riscos de seus negócios. Mas Carla o havia perturbado tanto que ele, contra todos os seus princípios, concordou com a entrada de Devanildo no grupo. Carla argumentara que o irmão era inofensivo, que jamais descobriria nada sobre as escavações. Barão aceitou, relutante, desde que ele jamais soubesse do assalto. Ficaria responsável pelas pequenas questões administrativas, como o pagamento de contas. Além disso, deveria dormir na obra, exercendo a função de vigia.

Os homens não receberam bem a novidade, principalmente Léo, que cruzou os braços e fechou ainda mais a cara. Uma discussão, porém, desviou a atenção de todos. Tatu e Doutor debatiam questões éticas relativas ao assalto:

— Já falei que eu não sou criminoso! — exaltou-se Doutor.

— Se tu não é criminoso — provocou Tatu —, tá fazendo o que aqui?

— Estou aqui pra combater os banqueiros, que se apropriam do trabalho alheio, como sanguessugas. — O tom de Doutor era panfletário.

— E se tu se apropria do deles, isso faz de você o quê? — Tatu insistia.

— Um revolucionário — declarou Doutor, orgulhoso.

Tatu tirou um pente do bolso e passou-o pelos cabelos. Afastou-se de Doutor, que ainda teve que ouvir, sem oportunidade de replicar:

— Que nada. Um ladrão, como todos nós.

Barão interrompeu, com sua voz profunda:

— Chega! O negócio é o seguinte: hoje começamos a trabalhar. Não quero moleza aqui, porque temos um prazo a cumprir. Se não conseguirmos entrar no banco no dia 6 de agosto, todo o trabalho vai por água abaixo. Doutor, pode voltar lá e marcar o lugar pra começar a escavação. O resto de vocês pode pegar as ferramentas. A firma tá funcionando.

Começou uma movimentação na sala. Doutor foi para o quarto onde começariam a cavar. Tatu e Saulo foram atrás dele. O engenheiro foi até a mesa e tirou um giz de uma pequena bolsa. Sacou o GPS do bolso e foi andando pela sala, até chegar ao ponto que tinha indicado a Barão. Então riscou o chão com o giz, formando um quadrado de cerca de setenta centímetros de lado. Olhou para Tatu, que já empunhava a britadeira, ansioso por começar a cavar.

— Sai daí, tiozinho. Agora deixa pra quem entende. Vai começar a sinfonia! — disse, enquanto ligava a britadeira.

Um barulho ensurdecedor tomou conta da casa. Doutor e Saulo colocaram as mãos sobre os ouvidos automaticamente. Tatu já se posicionava e começava a trabalhar.

Carla entrou no quarto, furiosa com o barulho. Quis chamar a atenção de Tatu, que não a ouvia. Foi até a parede e arrancou o fio da tomada.

— Quem desligou, porra?! — berrou Tatu, frustrado.

— Vocês estão malucos? — gritou Carla também. — Tá fazendo uma barulheira danada. O que os vizinhos vão pensar?

— Bem — pensou Doutor —, depois que o túnel começar, o barulho vai ser abafado.

— E até lá? — retorquiu Carla. — É mais fácil anunciar no jornal que a gente tá cavando um túnel!

— E como a gente faz então? — perguntou Tatu, apoiando-se na britadeira.

— Calma que eu tive uma ideia — disse Doutor.

Tatu fez cara de descontente:

— Lá vem...

Doutor encaminhou-se ao dormitório e voltou com alguns cobertores. Em uma operação engenhosa, começou a cobrir a britadeira com grossas camadas de cobertor. Saulo, Tatu e Carla olhavam, admirados. Ao terminar o trabalho, Doutor estendeu a britadeira para Tatu, que perguntou:

— Pra que isso?

— Simples — explicou Doutor, colocando as mãos na cintura, em posição professoral —, é o mesmo princípio dos silenciadores das armas. O cobertor abafa o som.

Tatu não se deixou vencer:

— Tinha que ter pensado nisso antes. Vamos ver se essa marmota funciona. — Ligou a britadeira. O som agora estava aceitável. Ele fez cara de "poderia ser melhor".

— Se você preferir a marreta, fique à vontade — ironizou Doutor.

— Só se for pra dar na sua cabeça — replicou Tatu.

Carla saiu da sala, satisfeita. Foi à sala de TV e sentou-se em frente ao computador. Estava trabalhando nas planilhas de gastos, para que Barão pudesse apresentá-las a Gouveia. Estava absorta no trabalho quando Mineiro entrou na sala, sem que ela percebesse. Ele ficou admirando a mulher da porta por alguns instantes.

— Oi.

— Oi — Carla levantou os olhos, respondendo casualmente.

— O Barão tá aí?

— Não. Foi encontrar o Gouveia.

— Avisa que preciso falar com ele.

— Só serve ele? — Carla chegou o corpo para a frente, olhando fixamente para Mineiro, que logo se ouriçou.

— De repente... o que é que você oferece? — disse, sedutoramente.

— Pra você, muito pouco — desprezou Carla, passando a língua pelos lábios.

— Já é um começo...

— E pro teu bem, acho bom parar por aqui.

— Você não costumava ser assim. Tinha um preço, que foi até baixando com o tempo.

— Aquela Carla não existe mais. Mudei de vida quando casei e fui pra Europa.

— Mudou? — Mineiro se aproximou da mulher. — Tu tá aqui de volta — disse enquanto levantava a mão para tocar em Carla, que o impediu, segurando firmemente seu pulso.

— E agora tô com o Barão. Tu ainda não entendeu? Meu negócio é homem que manda, sacou?

Mineiro olhou para ela contrariado e puxou seu braço de volta. Virou-se e saiu pela porta, sem dizer nada. Carla ficou observando o homem sair e depois abriu um longo e pensativo sorriso.

***

Carla era uma mulher bonita. Estava acostumada a ser assediada, o que não lhe passou despercebido quando era mais jovem e com todo um futuro pela frente. Tornou-se prostituta no final da adolescência para ganhar a vida. Sempre gostara de coisas caras e sofisticadas e sofria por não poder comprá-las. Viu na prostituição um modo de conseguir uma vida mais próxima daquela com a qual sonhara desde os tempos de menina.

Um de seus golpes de sorte ocorreu quando tinha 27 anos. Preparava-se para mais um programa, em seu apartamento, com um homem que se identificara como Paolo. Minutos antes da hora programada, a campainha tocou. Carla acabou de se arrumar rapidamente e atendeu a porta. Ficou satisfeita com a beleza do italiano de meia-idade. Não que a aparência fizesse diferença entre aceitar ou não o programa, mas sempre era mais agradável atender um homem bonito.

E se para Carla aquela foi uma tarde agradável, para Paolo foi inesquecível. A partir daí, voltava quase todos os dias à casa dela, até que, quando a data em que teria que voltar para a Itália se aproximou, propôs que ela o acompanhasse. A princípio ela relutou, pois sabia de muitos casos de mulheres que eram levadas para a Europa e que viravam escravas em boates adultas. Mudou de ideia, entretanto, quando Paolo depositou em sua conta uma quantia equivalente a um ano inteiro de trabalho.

A vida de Carla se transformou rapidamente em um conto de fadas. Morava em um belo apartamento, dirigia um belo carro e comia em restaurantes finos e sofisticados. Fazia amor com Paolo todas as noites, e o homem parecia cada vez mais apaixonado. Comprou-lhe joias caras, e ela temia estar vivendo um sonho.

O amor de Paolo, no entanto, não durou mais do que dois anos. Foi se cansando da mulher, que lhe custava mais do que poderia imaginar. Roupas, joias, sapatos, perfumes, nada conseguia aplacar os desejos de Carla, deslumbrada com a nova vida. Então, após conversar com seu advogado, Paolo ameaçou denunciar sua situação irregular às autoridades italianas. Após muitas brigas e ameaças, ela achou melhor voltar para o Brasil.

Ao retornar, em poucos meses já havia gasto todas as suas economias. Não admitia uma mudança em seu padrão de vida, e logo teve que se conformar em voltar ao trabalho. Voltou à vida de antes. Em um primeiro momento, acreditou que sua estada na Europa poderia aumentar seu cachê no Brasil, mas esqueceu que estava dois anos mais velha, em uma profissão na qual a juventude é mais valorizada do que a "experiência internacional".

Os clientes antigos foram os que ficaram mais felizes com o retorno de Carla. Foi na festa de um deles, um poderoso político do Ceará, que ela conheceu Barão. Após algumas horas de conversa e duas garrafas de champanhe, os dois pediram licença e saíram. Foram para o apartamento dele, e a partir daí passaram a viver juntos. Carla, porém, teve de se adaptar ao jeito do namorado extremamente egocêntrico e que não admitia nenhuma ponderação a suas ideias. Ela era sempre reprimida por Barão, que gostava de demonstrar quem mandava na relação.

Apesar disso, Carla tinha personalidade forte e era uma mulher calculista. Nunca pudera contar com ninguém na vida e, por isso, desenvolveu um senso de autopreservação que rivalizava apenas com sua ambição. Queria reviver os momentos de luxo que conhecera na Itália. Mas, por ora, Barão era uma companhia útil e — por que não admitir? — agradável em diversos aspectos.

Carla sentia falta de uma pessoa com quem pudesse conversar. Alguém que a ouvisse. Pegou-se olhando para Mineiro, que saía pela porta. Suspirou e voltou à tela do computador. *Deixa eu parar de pensar besteira que o Barão me mata se sonhar que estou interessada em outro homem. Deixa ele pensar que eu sou só dele, pelo menos por enquanto.*

CAPÍTULO 9

O trabalho do grupo havia começado e logo todos se integraram. Os homens trabalhavam em turnos, já que o serviço era bastante cansativo. Doutor supervisionava tudo e estava conseguindo avanços rápidos, apesar dos constantes atritos com Tatu, se recusava a seguir as orientações do engenheiro.

— Ô, velho, eu já fiz mais buraco na vida do que você construiu esses barracos que chama de casa. Do meu jeito é garantido. Já foi testado várias vezes.

— Eu tenho certeza de que do seu jeito dá certo, meu filho — dizia Doutor, pacientemente —, mas da forma que eu estou tentando te explicar é mais rápido, e o que nós temos aqui é pressa.

— O Doutor tá certo, Tatu. Vamos fazer da maneira que ele disser, é mais rápido. Precisamos terminar esse trabalho logo.

— Tá bom, tá bom! Mas eu não me responsabilizo por nada que esse aí invente.

Tatu largou temporariamente o serviço e foi até a mesa da cozinha, onde sempre havia caixas de anfetaminas para combater o cansaço, inevitável nesse tipo de trabalho. Consumidor frequente, Tatu era quem passava mais tempo no túnel. Abriu outra caixa e engoliu dois comprimidos. A sugestão para o uso das "bolas", como chamava os remédios de tarja preta, havia sido do próprio Tatu. Ele já usara em diversas outras oportunidades, nos túneis anteriores. Na prisão era difícil ter acesso às anfetaminas, e devia aproveitar a liberdade para comprá-las no mercado negro, já que nas farmácias a receita médica era obrigatória.

Muita coisa pode ser adquirida nas prisões brasileiras. Para isso, basta ter alguns contatos e, é claro, algum dinheiro. Compra-se e vende-se de tudo entre os presos, e as visitas das famílias e dos advogados são a fonte mais frequente de abastecimento do comércio dentro das penitenciárias. Trocam-se cigarros por escovas de dente, sabonetes por camisas, pilhas por comida, e tudo isso por drogas. Até celulares, estritamente proibidos, podem ser adquiridos. Tudo tem um preço dentro da prisão.

Mineiro e Carla também ajudavam no trabalho, mas não participavam diretamente das escavações. Limitavam-se a recolher a terra retirada do túnel e acondicioná-la em sacos, para posterior descarte. Devanildo continuava acreditando que a empresa vendia grama sintética, embora não aparecessem clientes para comprá-la. Acreditava inocentemente nas explicações mais improváveis que Mineiro lhe dava.

O trabalho dentro do túnel era bastante penoso. Os homens tinham que ficar agachados durante horas a fio. Todos ficavam impressionados com a vitalidade de Tatu, o que mais trabalhava, já que era o único que sabia manejar a britadeira. Sua baixa estatura também ajudava.

O túnel começava a tomar forma. Era quadrado e, antes de começar a seguir na horizontal, tinha que alcançar quatro metros de profundidade. O trabalho progredia rápido, e logo Tatu decretou:

— Quatro metros. Deu! Manda a escada.

Firmino desceu a escada tosca de madeira e Tatu subiu por ela. No topo, antes de subir para a sala, parou, puxou um pente do bolso e penteou os cabelos, completamente sujos de terra e encharcados de suor.

— Agora temos que começar a cavar naquele sentido. — Doutor indicou um ponto na parede que estava voltada para a direção do prédio do Banco Central.

Satisfeito, Mineiro esfregou as mãos:

— Caetano e Décio. Podem descer que é o turno de vocês. — Os dois se olharam, resignados, e desceram pela escada. Caetano assumiu o comando da britadeira, sob o olhar preocupado de Tatu, que vigiava o trabalho lá de cima.

— Ô, Caetano, cuidado pra não estragar a máquina! Trata ela com carinho.

— Esquenta não, Tatu, com isso aqui vou até pro Japão — gracejou.

As semanas se passaram sem novidades. O trabalho progredia a olhos vistos e consumia todas as energias do grupo. A cada dia, os homens se acostumavam mais e mais com as condições de trabalho e com o manejo das ferramentas. Doutor e Tatu, que a princípio precisavam ficar mais próximos para dar as orientações ao grupo, já podiam descansar por períodos maiores. Barão estava satisfeito com o andamento e ia à casa pelo menos uma vez por dia. Gostava de manter Gouveia informado dos avanços.

— Estamos cada vez mais perto, Gouveia — disse Barão, em uma das constantes visitas ao financiador.

— Isso é muito bom, meu amigo. Espero que não esteja havendo nenhum problema com seus homens

— Não. Nenhum problema. Todos estão trabalhando bem, sem reclamações. A recompensa é grande, e ninguém quer correr o risco de perder.

— Entendo — anuiu Gouveia. — Mas dinheiro sempre é um problema, meu caro Barão. Todo cuidado é pouco quando se trata das ambições de um homem. A ganância não respeita nada, e temos que ser implacáveis caso aconteça alguma coisa.

— *Ainda mais se tratando dessa gentalha que não está acostumada a ver dinheiro.*

— Você me conhece, Gouveia. Se alguma coisa sair errada, eu mesmo dou um jeito.

Após algumas semanas, o túnel já contava com cerca de vinte metros de comprimento. Cada metro avançado, apesar de representar uma vitória para a quadrilha, aumentava o sofrimento. Quanto mais longe, mais calor e menos ventilação, apesar de todos os esforços para manter uma condição minimamente salubre em seu interior.

A temperatura era ainda mais alta em virtude das lâmpadas colocadas a cada metro para iluminar o buraco. A umidade era outra grande dificuldade, principalmente porque atrapalhava a respiração, tornando a reduzida atmosfera do túnel viciada. Vigas de madeira eram fixadas aos poucos, fazendo com que cada centímetro do túnel fosse escorado de imediato após ser aberto. A estrutura estava firme, e não havia aparecido nenhum obstáculo que tornasse o serviço mais difícil que o natural, até que as ferramentas de Tatu e Firmino bateram em uma superfície bastante dura. Os dois saíram e foram ao encontro de Doutor. Firmino foi o primeiro a falar:

— Ferrou, chefia. Batemos em alguma coisa dura.

Doutor estranhou e abriu um dos mapas. Correu com o dedo até o local aonde o túnel já chegara. Marcou o ponto com uma caneta vermelha.

— E aí? — atacou Tatu. — O que você esqueceu agora, velho?

— Não me esqueci de nada. É um canal fluvial — respondeu Doutor. — Esperava que o túnel passasse por baixo, mas o mapa não estava claro.

— E agora, o que a gente faz? — perguntou Firmino.

— Desvia, ora! — respondeu Doutor.

— Por baixo desse monte de concreto? — assustou-se Tatu. — E se desabar?

— Deixa de ser covarde, homem. Não tem perigo nenhum .

— Tem certeza? — Firmino queria se certificar.

— Absoluta! — irritou-se o engenheiro. — E não me encham mais o saco.

Tatu olhou para Doutor, desconfiado. *É muito fácil pra esse filho da puta dizer isso. Não é ele que está lá embaixo,* pensou.

Sem demora, Firmino desceu a escada, à frente de Tatu. Ficara tranquilo com as palavras de Doutor e queria terminar logo seu turno de trabalho.

Apesar da aparência despretensiosa, Firmino era um cara violento. Havia sobrevivido, desde garoto, por meio da violência. Caçula de uma família de seis irmãos, todos homens, desde cedo acostumara-se a lutar por seu prato de comida, pois em casa nunca havia o bastante para todos. A mãe era empregada doméstica e tinha que dormir no emprego. Uma vez por semana ia para casa e deixava os mantimentos para que o irmão mais velho dividisse entre todos. Na prática, porém, o mais velho pegava o que queria e passava para o segundo, e assim por diante. Geralmente, nada chegava à boca de Firmino, a não ser que ele brigasse, o que fazia com frequência.

Quando ficou mais velho, Firmino juntou-se a uma quadrilha de assalto a pequenos comércios. Tinha sido preso algumas vezes, mas sempre conseguia responder aos crimes em liberdade. Estava roubando uma padaria quando o proprietário lhe fez uma proposta:

— Em vez de assaltar meu estabelecimento e correr o risco de ser preso, eu lhe pago para proteger a padaria. Assim, o senhor ganha e eu também, porque não vou ser mais assaltado.

Firmino não deu ideia pro homem e foi embora. No entanto, ficou com aquilo na cabeça. Três dias depois voltou ao local e fechou negócio. A partir daí, passou a ampliá-lo. Havia comerciantes que pagavam sem reclamar e outros que precisavam de uma forcinha para colaborar. Mas isso não era problema para Firmino, que não se constrangia em espancar os que se negavam a contribuir com sua caixinha. Por duas ocasiões passou da conta: numa das vezes matou um, em outra, aleijou um dos comerciantes. Era procurado pela polícia.

Quando saiu o primeiro mandado de prisão, Firmino teve que dar um tempo do ramo da segurança. Estava ficando sem dinheiro quando foi procurado para participar do assalto ao Banco Central.

— E aí, Firmino, continua batendo em feirante? — perguntou-lhe Barão.

— Qual é, Barão, meu serviço é de segurança. Acontece que tem uns malucos aí que não gostam de colaborar, e o jeito é chamar pra uma conversinha.

— E quanto é que cada um paga pelos serviços?

— Depende do tamanho da loja. Se for uma grande, cobro 200 reais por semana. Já nas menores os caras pagam 50.

— Tá a fim de ganhar dinheiro de verdade?

— De verdade? Quanto? Mais de mil?

— Na verdade, mais de um milhão.

Firmino arregalou os olhos. Não tinha ideia de quanto aquele monte de dinheiro representava. *Se é essa grana toda, quem será que eu vou ter que matar? Deve ser o presidente!*

Fumando uma de suas cigarrilhas, Barão adivinhou os pensamentos do homem.

— E sem violência. Trabalho na boa. A gente faz o que tem que fazer e sai fora, sem tiro nem nada.

— Não preciso nem pensar, Barão. Tô dentro!

Saulo estava em seu período de folga, de poucas horas. Foi até a recepção da Gramin para fazer uma ligação. Tirou o aparelho do gancho, mas não ouviu o som de linha. Apertou várias vezes a tecla liga/desliga do telefone, sem sucesso.

— Por que o telefone tá mudo? — perguntou para Devanildo, que estava sentado ali perto.

— Ai, meu Jesus, esqueci de pagar! — afligiu-se Devanildo, levantando-se com as mãos no rosto.

— Anta! — xingou Saulo. — Espera até o Barão saber que a gente tá sem telefone por tua culpa.

Desorientado, Devanildo dizia mais para si mesmo do que para Saulo:

— Não, eu vou pagar agora. É só ligar pro Mineiro e pedir o dinheiro. Me empresta o celular?

— Se meu celular tivesse crédito, você acha que eu ia tentar usar o telefone, imbecil? — impacientou-se Saulo. *Que bicho burro! Além de viado, é burro!*

— Então o que eu faço? — gaguejou Devanildo.

— Te vira, meu nego. Fez merda, agora resolve — disse Saulo, saindo.

Desesperado, Devanildo foi até a porta que dava acesso à sala do túnel. Precisava encontrar uma solução. Saulo o impediu a tempo.

— Para! Tu sabe que não pode entrar aí.

— Mas por que não?

— Porque... porque vai atrapalhar o trabalho dos outros. Tem orelhão no píer, vai lá. — Saulo se postou entre a porta e Devanildo, que não teve outra saída senão ir até o píer próximo à casa para telefonar para Mineiro.

— Tu vacilou, hein, Devanildo! — repreendeu Mineiro.

— Desculpa, não vai acontecer de novo. É tanta coisa pra fazer e eu sou só um. Pelo amor de Deus, não conta pro Barão...

— Porra, Devanildo, também não precisa chorar, né? Eu passo aí mais tarde e te dou o dinheiro.

— Ai, Mineiro, obrigado! Eu não sei nem como...

— Tá, até mais, tchau — Mineiro cortou a conversa, desligando.

Apesar de chateado pela falta de educação de Mineiro, Devanildo ficou mais aliviado. Logo já poderia pagar a conta do telefone e o problema estaria resolvido. Colocou o telefone no gancho e virou-se para retornar à Gramin. Deu dois passos e se lembrou do cartão telefônico, que ficou dentro do orelhão. Voltou, pegou o cartão e guardou-o no bolso de trás da calça. Antes, porém, tirou um lenço do mesmo bolso e enxugou o rosto molhado de suor. Guardou novamente o lenço. Depois, voltou para a Gramin, saltitante.

CAPÍTULO 10

Fortaleza fica situada na Zona da Mata, no litoral. A capital cearense é uma das mais procuradas na época de veraneio, principalmente entre os meses de dezembro e fevereiro, quando as chuvas são mais raras. No resto do ano, apesar do calor constante, caem pesadas chuvas que vez ou outra provocam enchentes e inundações. Naquela noite, a chuva que caía era uma dessas.

Tatu e Firmino trabalhavam nervosamente no interior do túnel. Apesar da profundidade e da grande distância a que estavam da abertura, podiam ouvir o ribombar dos trovões que açoitavam a noite. A água escorria pelas laterais do buraco, após se infiltrar no solo, quatro metros acima de suas cabeças. A preocupação de Tatu era um desabamento, que os mataria instantaneamente. Já estavam pouco mais de três metros adiante do canal.

— Não tem perigo nenhum... deixa de ser covarde — Tatu arremedava a fala de Doutor, amaldiçoando-o. — Filho da puta!

Apesar do medo, os dois homens trabalhavam incessantemente. Firmino fechava os olhos a cada vez que o som dos trovões reverberava pelo túnel. Entre uma batida e outra da ferramenta contra o solo, ouviram algo estalar sobre suas cabeças. Saíram sem demora do buraco, correndo, de cócoras, em direção à escada. Ao passar pelo concreto do canal, viram uma pequena rachadura.

— Fodeu, Tatu — disse Firmino nervosamente, enquanto se apressava em direção à abertura do túnel. — Vai desabar!

— Então corre, porra!

Chegaram à outra extremidade do buraco e subiram rapidamente as escadas. Doutor estava na sala, sempre a estudar os mapas. Parou ao ouvir a respiração ofegante dos dois, já do lado de fora. Tatu disse, cansado:

— Vambora que o túnel vai inundar! — Seus olhos estavam arregalados.

Doutor olhou-os por alguns segundos, em silêncio. Levantou-se da cadeira e disse, calmamente:

— Não vai inundar nada. Peguem essas tábuas para escorar o concreto — disse, apontando para uma pilha de pedaços de madeira no canto do quarto. — Aí a gente para por hoje.

Contrariado, Tatu fez o que Doutor mandava. Ele e Firmino desceram com as tábuas para o buraco e escoraram o canal, que se estabilizou.

Além dos trabalhos ininterruptos de escavação, o dia seguinte havia sido programado para a retirada da terra. Mineiro e Décio trabalhavam carregando a carroceria do caminhão. Décio reclamava:

— Tô gostando disso, não, Mineiro. Não era turno do Léo?

— Pois é — disse Mineiro, enxugando a testa com as costas da mão. — Ele veio com a desculpa de que a mulher tá com verme na barriga.

— Desculpa esfarrapada da porra, hein?

— Relaxa que o turno dele vai ser redobrado.

Devanildo estava na porta da casa, pensativo. Aproximou-se de Mineiro, com cara de dúvida.

— Mineiro, eu não entendo uma coisa — disse, coçando a cabeça. — Esta empresa é de grama sintética, não é?

Mineiro e Décio trocaram um olhar preocupado. Mineiro voltou-se para Devanildo.

— É sim, por quê?

— Então por que eu só vejo sacos de terra saindo daqui, e não de grama?

Mineiro se aproximou de Devanildo, fazendo ar de confidência:

— Vou te contar um segredo. Você tem que prometer que não vai contar pra ninguém.

Devanildo olhou para os lados, certificando-se de que ninguém os ouvia. Mineiro conseguira aguçar sua curiosidade.

— Prometo.

— A gente tá fazendo um negócio da China, trocando terra por grama sintética.

— Jura?! — perguntou Devanildo, surpreso.

— Juro. — *Puta que pariu, vai ser burro assim lá longe!*

— Mas isso não é errado?

— Claro que não. Tem lugar aí que paga terra a preço de ouro. Olha aí os sem-terra pra provar o que eu tô dizendo.

Devanildo fez expressão de espanto.

— Eu não tinha pensado nisso — concluiu, enquanto voltava para dentro da casa, pensativo. Mineiro e Décio se olharam, reprimindo o riso.

Devanildo era uma pessoa ingênua, daquelas que acreditam em tudo. Seu jeito desastrado e efeminado fazia dele alvo constante de gracejos em qualquer ambiente que frequentasse. A única pessoa que se preocupava com ele era Carla, que o protegia sempre que possível. Era a ela que Devanildo se dirigia quando estava em dificuldades. Sempre tinha sido assim, desde criança.

Devanildo se lembrava perfeitamente das vezes em que a irmã ia pegá-lo no colégio, depois de ele ter apanhado dos colegas de classe simplesmente pelo fato de ser mais fraco e desajeitado. Outras vezes, Carla comprava-lhe os presentes que não ganhava dos pais, que se afundavam na bebida. Alguns anos depois, quando não tinha para onde ir, Devanildo dormia escondido na área de serviço do pequeno apartamento de Carla enquanto ela recebia suas constantes visitas masculinas.

Tinha se convertido a uma igreja evangélica. Ia aos cultos quase todos os dias e acreditava piamente em tudo o que o pastor falava. Gostava de se sentar nos bancos da frente e, para isso, chegava mais cedo que os outros fiéis. Também era um dos últimos a sair.

A única coisa maior do que a ingenuidade de Devanildo era a sua curiosidade. Por diversas vezes, ele tinha resistido à tentação de ir ao quarto dos fundos da Gramin, onde fora proibido de entrar. Mas naquela noite resolveu conferir o que havia ali. Não conseguia reprimir a curiosidade em saber o que tinha no quarto.

Já era tarde, e todos tinham ido embora. Devanildo foi até a porta da casa e a abriu, conferindo se, de fato, o local estava vazio. Trancou a porta principal e se aproximou do quarto dos fundos.

Ah, meu Deus. Se o Barão me pega aqui tô frito. Mas se não tem nada de errado, por que eu não posso entrar? Todo mundo entra e sai, menos eu, e isso não é justo. Mas a Carlinha também disse pra eu não entrar...

Devanildo encostou na maçaneta da porta e retirou a mão, em dúvida. Virou as costas e se afastou. Parou alguns passos depois, num dilema. Ficou poucos segundos pensando no que fazer e se virou ab-ruptamente, decidido a entrar. Sem demorar muito para não se arrepender, girou a maçaneta e entrou de uma vez.

Não acendeu a luz do quarto, com medo de se denunciar, e demorou para acostumar os olhos à escuridão. Mesmo no escuro pôde enxergar todo o cômodo. Ficou decepcionado, pois não tinha nada de mais, só um monte de ferramentas penduradas na parede, acima de uma prateleira com diversos outros objetos comuns: luvas, óculos, equipamentos de medição, essas coisas. *Tá vendo, Devanildo, você fica pensando besteira e não tem nada aqui dentro.*

Entrou pé ante pé, com cuidado para não pisar em nada. Apesar do cuidado, porém, se desequilibrou e pisou em uma enxada. O cabo dela se levantou bruscamente e atingiu-o no rosto. Ele deu um grito de dor e caiu no chão, desajeitado. Ficou alguns instantes deitado, recobrando-se do susto. Quis levantar e apoiou a mão em uma tábua quadrada a seu lado. A tábua rangeu e afundou um pouco sob a pressão de sua mão. Devanildo achou estranho e tentou remover a tampa, que cedeu ao seu esforço. Pouco abaixo da abertura, viu um plugue de energia, pendurado em uma escada. Puxou um pouco o fio e o enfiou na tomada próxima. Diversas lâmpadas se acenderam no interior do túnel. Devanildo recuou, abismado, sem entender.

Em seguida, criou coragem e desceu a escada. Escorregou no último degrau e caiu sentado no chão de terra batida. Virou-se, meio sem jeito, e deu de cara com o túnel todo iluminado. Uma expressão de pavor tomou conta de seu rosto.

— Sangue de Jesus tem poder!

Não quis seguir pelo túnel, com medo do que poderia encontrar. Respirou fundo e abaixou um pouco a cabeça, procurando enxergar alguma coisa lá dentro. Decidiu que, se já tinha chegado até ali, iria até o final. Abaixou-se e começou a andar. Tirou o lenço para enxugar o suor e cobrir o nariz, protegendo-se da poeira. No momento em que tirou o pano do bolso, deixou cair o cartão telefônico que utilizara horas antes para ligar para Mineiro. Deu mais um passo para a frente e pisou sobre o cartão, escondendo-o debaixo de uma camada de terra.

Após perceber as implicações de sua descoberta, Devanildo entrou em pânico. Subiu a escada com dificuldade, já que suas mãos estavam completamente trêmulas, e recolocou a tampa na abertura do túnel. Arrumou tudo como se não tivesse estado ali. Deixou a enxada na posição original e foi para o quarto onde dormia. Mas, por mais que tentasse, não conseguiu. Não sabia o que fazer com aquela revelação.

Na manhã seguinte, Barão apareceu na Gramin, como fazia todos os dias, para se certificar do andamento das escavações. Como sempre, usava um terno sofisticado, de cor clara, cujo corte era realçado pelos vincos perfeitos, feitos pela passadeira da lavanderia onde mandava lavar, a seco, todas as suas roupas.

Carla acabara de fazer o café para o namorado e servia-o em uma bandeja, colocando-a sobre a mesa da cozinha, onde Barão lia um jornal. Ele serviu-se de café e, cuidadosamente, colocou açúcar em sua xícara. Carla pegou o pote de açúcar de forma desajeitada e derramou parte dele sobre o tampo da mesa. Barão repreendeu-a com um olhar e, em seguida, limpou com um guardanapo a sujeira feita pela mulher.

— Não sabe nem botar açúcar na xícara sem derramar tudo — reclamou.

— Ih, Barão, é só açúcar! Pra que esse estresse?

— Não é isso, Carla, não é só ...

A porta da cozinha se abriu ab-ruptamente e Devanildo entrou, nervoso, com as duas mãos próximas à boca. Barão olhou irritado para ele. Não gostava de ser interrompido.

— Que porra é essa, Devanildo?

— Eu... — Sua voz era um fio. — Eu vi o túnel! — disse, quase chorando.

Barão olhou automaticamente para Carla. Seu rosto ficara vermelho, e uma veia começava a pulsar em seu pescoço. Carla temeu a reação dele e se aproximou do irmão.

— Você tá de sacanagem comigo! — Barão trovejou, levantando-se.

— Não é pra coisa boa, né? — gemeu Devanildo para Carla.

— Não era pra você ir lá, querido — Carla reprovou o irmão, procurando manter a calma.

— Só me deixa ir embora que eu não vou contar pra ninguém. Juro por Nosso Senhor Jesus Cristo!

— Eu sei que não vai... — disse Barão, levantando-se. Seu rosto era uma máscara de raiva, enquanto sacava a arma da cintura e apontava para a cara de Devanildo, que começou a chorar. — Porque eu não vou deixar!

— Barão! — Carla gritou desesperada, também se pondo de pé em um pulo.

— "Barão" é o caralho, Carla. Eu te avisei que esse merdinha ia trazer problema. Além de ser inútil, fez a única coisa que era proibida pra ele! — Barão estava transtornado.

Devanildo caiu de joelhos, apavorado. Levou as mãos à frente do rosto, em posição de oração. Começou a balbuciar algo inaudível.

— Te falei que não ia dar certo, Carla. Se esse filho da puta der com a língua nos dentes, vai foder com a vida de todo mundo! — Barão mantinha a arma apontada para Devanildo.

Carla se ajoelhou ao lado do irmão, que continuava de olhos fechados, com uma expressão de dor. Ela falou o mais docemente possível:

— Devanildo, me escuta. Agora você vai ter que ficar até o fim.

— Mas é pecado! E aquele que comungar com o pecado também será um pecador! Tá nas Escrituras! — choramingou Devanildo, apertando o braço de Carla.

Barão estava revoltado. O único motivo pelo qual ainda não tinha atirado era Carla. Esperava não se arrepender disso.

— Tu que escolhe. Quer ser um pecador rico ou um santo morto? — gritou.

Carla olhou para Barão, pedindo paciência. Fez o irmão levantar, que saiu amparado por ela. Barão deu um chute na parede, praguejando.

CAPÍTULO 11

TELMA CHEGOU EM CASA APÓS um longo dia de trabalho. Não estava sendo fácil lidar com Amorim, e ela pressentiu um profundo desgaste em função dos constantes atritos com ele. Sabia que tinha que respeitá-lo, já que, além de chefe, ele era veterano na profissão. Mas era difícil trabalhar com alguém que não reconhecia o valor da prova técnica, de laboratório.

Não que a maneira clássica de investigar estivesse errada, mas o que Amorim não entendia era que não só a polícia havia mudado. O próprio Poder Judiciário também tinha passado por mudanças profundas e exigia uma série de provas para botar um criminoso na cadeia. Provas baseadas na intuição do policial já não tinham a mesma validade de antes. O que valia agora era a prova pericial, a "rainha das provas". Telma considerava que a justiça criminal atual ocorria nos laboratórios de criminalística, já que, diante de uma prova bem-feita, incontestável, os juízes não teriam nem que refletir acerca do comportamento do criminoso.

Mas Amorim pensava de maneira radicalmente contrária, e Telma previa problemas. *Não gosto de pensar dessa maneira, mas o Amorim tem que se aposentar. Ele já não vive na década de 1970, quando não existiam os recursos tecnológicos que temos hoje. Naquela época, para descobrir a identidade do criminoso, ou era a impressão digital ou nada. Hoje é tudo tão diferente. Temos o reconhecimento facial, o DNA, o exame de íris, além da análise laboratorial de qualquer vestígio humano encontrado na cena do crime. A polícia é outra,* e eu *sou uma representante dessa nova polícia.*

Carla saiu de seu devaneio, descontraiu os ombros e colocou a chave na fechadura. Abriu a porta e teve uma grata surpresa.

A sala de sua casa estava iluminada com dezenas de velas, que emanavam um cheiro levemente adocicado, misturado à fumaça dos incensos. Deu um sorriso malicioso e começou a percorrer o caminho feito com as velas, que levava a seu quarto. Enquanto andava, porém, ia se despindo. Primeiro, tirou a parte de cima do terninho. Em seguida, jogou os sapatos para longe. Abaixou-se e largou a calça ali mesmo, no meio da sala, tirando também a meia-calça. Por último, desabotoou o sutiã, deixando os seios à mostra. A calcinha foi jogada sobre o abajur da sala, revelando os pelos ralos e claros. Chegou ao umbral da porta do quarto e parou, abrindo um sorriso lúbrico em direção à cama. Caminhou até ela e deitou-se, entregando--se a um longo beijo.

Naquele exato momento, o delegado Chico Amorim também já estava em casa. Deitado sobre uma espreguiçadeira, na varanda, lia um de seus inseparáveis livros. A noite era agradável, e ele estava sem sono. Colocou o livro sobre o peito e ficou pensando na opinião de Telma. Era difícil tentar convencer os mais novos com argumentos antigos. Sabia que hoje em dia estava cada vez mais difícil usar somente seus métodos, mas isso não queria dizer que eles estivessem errados ou que fossem ineficientes.

Essa garotada nova, ao contrário do que pensa, está cada vez mais bitolada. Acham que podem resolver todos os problemas do mundo atrás de uma tela. São fundamentalistas que não conseguem enxergar nada que não seja cartesiano, absoluto, quando a beleza é perceber a relatividade da vida. O ser humano não é algo que possa ser deci-

frado em fórmulas matemáticas, ou entendido a partir de bytes. E o problema é que eles estão chegando aos postos mais altos da polícia, e, quando isso acontece, todo o investimento, todo o dinheiro é colocado só nessas porcarias. E ainda têm a cara de pau de dizer que a teoria de Lombroso era limitada pelo fato de identificar o criminoso só pelas características físicas. E o que é que eles estão fazendo quando procuram limitar o estudo do criminoso a algoritmos de programas de computador?

Estava imerso nesses pensamentos quando seu telefone tocou. Amorim estranhou, pois ele nunca tocava, a não ser quando era algo relativo ao serviço, e isso ocorria sempre com o telefone funcional. Atendeu, entre desconfiado e esperançoso. *Quando é que tinha recebido o último convite para uma saída?*

A voz do outro lado procurava por uma tal de Cibele. Amorim respondeu, desanimado, que era engano. Apagou as luzes da varanda e foi dormir.

CAPÍTULO 12

DENTRO DO TÚNEL, TATU OPERAVA a britadeira enquanto Firmino e Décio retiravam a terra e as pedras, colocando-as no balde que as levaria dali. O som da britadeira indicou um obstáculo mais duro. Tatu pressionou, buscando romper a resistência. De repente, algo quebrou e uma chuva marrom malcheirosa começou a jorrar. Um cano da rede de esgotos se havia rompido. O jato caiu bem na cara de Tatu, que recuou, assustado. Décio e Firmino desviaram, saindo de perto.

— Mas que merda é essa?! — perguntou Tatu, ainda sem saber o que tinha acontecido.

— Olha... — disse Décio, sufocando o riso —, eu tô achando que é merda mesmo.

Tatu nem tomou conhecimento da presença dos dois homens e começou a se dirigir à entrada do túnel, furioso. Décio e Firmino já começavam a rir e tentaram não tocar em Tatu quando este passou por eles. *Agora eu mato aquele velho desgraçado!*

Chegou à escada e enquanto subia os degraus pôde ouvir a preleção de Doutor, que doutrinava Saulo. Mineiro e Léo descansavam, deitados em silêncio, sem prestar atenção ao velho.

— As classes dominantes têm todos os motivos para temer uma revolução comunista. Já os proletários não têm nada a perder, a não ser os seus grilhões. E um mundo a ganhar! — dizia, entusiasmado.

— Entendi — asseverou Saulo. — A gente não pode se deixar explorar por ninguém.

Nesse momento, Tatu saiu do buraco, tentando limpar o rosto com a manga da camisa imunda. Todos começaram a sentir o cheiro e se afastaram. Mineiro fez uma cara divertida.

— Porra, Tatu, tem banheiro aqui em cima...

Tatu ignorou a gracinha e partiu para cima de Doutor.

— Seu engenheiro de merda. A gente deu de cara com o cano de esgoto!

— Pelo visto — disse Doutor, sem se alterar —, quem deu de cara foi só você.

Tatu avançou contra Doutor. Saulo se interpôs entre os dois, tentando apaziguar a situação e defender o engenheiro.

— Calma, Tatu! Conversa direito!

— Tem certeza de que você não fez nada de errado? — perguntou Doutor.

— Fiz, seu filho da puta! Segui os seus planos!

— Tá, tá, vamos ver isso. Mas vai se lavar primeiro — disse o engenheiro soberbamente.

— Sabia que isso ia dar merda — provocou Léo.

— Quero ver quem vai *limpar* essa merda — disse Saulo, na defensiva, prevendo trabalho extra.

Tatu ficou furioso por estar sendo sacaneado por todos. Olhou para Mineiro, em busca de apoio. Ouviu mais um gracejo:

— Haja papel higiênico!

Tatu saiu pisando duro em direção ao banheiro. Os homens da sala gargalharam.

Após mais algumas brigas com Doutor, Tatu desceu de volta para o túnel, a fim de soldar o cano de metal que se rompera. Doutor foi atrás dele analisar o local. Décio e Saulo já acabavam de limpar o chão. O cheiro estava um pouco menos insuportável.

— É... — concluiu Doutor, coçando o queixo. — Isso não devia estar aqui. — *Apesar de ter sido muito bom que esse idiota tenha se enchido de merda!*

— Jura? — ironizou Tatu. *Como se você precisasse dizer isso.*

— O que foi que deu errado? — perguntou Mineiro, que estava a poucos metros dos dois.

Tatu se adiantou, revoltado, apontando para Doutor:

— Esse cara calculou errado, lógico!

— Não calculei nada errado. É que os mapas são velhos — lamentou o engenheiro.

— É, sempre tem uma desculpa — provocou Tatu.

Ao perceber que iria começar outra discussão entre os dois, Mineiro tratou de encerrá-la logo:

— Galera, cada minuto discutindo é um minuto que a gente deixa de cavar. Como é que faz agora?

— A saída é desviar — disse Doutor. — E agora a gente vai começar a cavar com a marreta, à mão.

— Com isso a gente perde mais quanto tempo? — preocupou-se Mineiro.

— Não muito. Três dias no máximo.

— Então são três dias que a gente tem que ganhar. Temos menos de um mês, e não dá pra atrasar a obra. De agora em diante a gente trabalha de noite também. Ninguém mais vai embora pra casa. Se precisar de mais remédio, vou comprar, pra ninguém dormir — determinou Mineiro, dirigindo-se para a entrada do túnel. Doutor e Tatu se entreolharam, com ódio.

Sem a britadeira, o trabalho se tornou ainda mais cansativo. Cada centímetro de terra que tiravam era produto de força muscular, o que cansava os homens cada vez mais. Todos estavam mais magros em virtude do esforço contínuo. Mineiro havia notado que Caetano era o maior consumidor das pílulas de anfetamina. Os olhos do homem, arregalados por natureza, quase saltavam das órbitas.

Mineiro, Décio, Firmino e Doutor empacotavam a terra no canto do quarto. Sobre uma pequena bancada, alguém havia sintonizado a televisão num jogo de futebol. O locutor narrava o jogo, fazendo de tudo para manter a audiência, apesar do zero a zero que insistia em permanecer. Para passar o tempo, os homens conversavam.

— E aí, Doutor? Já sabe o que vai comprar com a sua parte da grana? — perguntou Mineiro.

— Não vou comprar nada — respondeu, sério, interrompendo temporariamente seu serviço. — Vou redistribuir a renda.

Décio ficou curioso.

— Distribuir, tipo dar pros pobres?

— Ou doar para uma organização de esquerda. Ainda não decidi.

— Tem louco pra tudo — concluiu Firmino, incrédulo.

Os homens fizeram uma pausa na conversa para acompanhar uma jogada na televisão. Léo entrou na sala apressado.

— Tu chegou atrasado de novo — advertiu-o Mineiro.

— Já falei, é a patroa. Não tá bem de saúde.

— Tem mais cara de patrão — provocou Décio. — Tá fazendo hora extra?

— Tá insinuando o quê, babaca?! — desafiou Léo, aproximando-se ameaçadoramente de Décio. Mineiro chegou para apartar a briga quando a campainha tocou. Ele advertiu, falando mais baixo:

— Olha aí, acabou a palhaçada. Firmino, vai atender a porta. O resto em silêncio!

— Cadê o imprestável do Devanildo? — reclamou Firmino.

— Foi à igreja rezar. Tá na maior culpa, o coitado.

— Sempre sobra pra mim — lamentou Firmino, indo em direção à porta.

— Ó, muito cuidado. Se for comprador, avisa que a empresa ainda não tá recebendo pedido. Se for vendedor, pode atirar — brincou.

— Tá certo — concordou Firmino, saindo do quarto, enquanto a campainha tocava novamente.

Léo e Décio continuaram se encarando, sem poder fazer nada.

Firmino foi até a porta, abriu-a e deu de cara com um homem que se apresentou como Miro, mostrando uma carteira de identificação. Firmino fechou a cara.

— Boa tarde. Sou da Prefeitura e estamos fazendo uma inspeção para o combate à dengue. Preciso entrar e averiguar se existe algum foco na casa — informou Miro, sorridente. Vestia uniforme de cor clara e suava bastante por causa do calor. Na camisa estava bordado um selo de combate à dengue.

O clima do Nordeste é muito propício ao surgimento de focos de dengue. Agentes sanitários contratados pela Prefeitura fazem a inspeção nas casas para combater o mosquito. Era o caso de Miro, que já desempenhava aquela função havia três anos.

— Não dá pra ser outra hora, não? — Firmino queria dispensar o homem imediatamente.

— Desculpe, senhor, mas estamos circulando por todo o bairro. Não vai levar mais do que cinco minutos.

— Saco... tá — resignou-se Firmino. — Me dá um minuto aí.

Ele fechou a porta, irritado, e correu para o quarto dos fundos.

— Mineiro, fodeu, cara. Tem um maluco da Prefeitura que quer entrar pra ver se tem negócio de dengue aqui.

— E não dá pra esse cara vir depois, não?

— Eu perguntei, mas ele disse que não. Fiquei com medo de dispensar o cara e ficar suspeito.

— Tá certo — raciocinou Mineiro. — Você agiu certo. Rapaziada, a gente continua outra hora.

Agitado, Léo sacou a arma. Os outros se posicionaram, tensos.

— Deixa que eu cuido disso — disse Léo, carregando a pistola.

Caetano (Fábio Lago) no túnel

Tatu (Gero Camilo), Léo (Heitor Martinez), Barão (Milhem Cortaz), Carla (Hermila Guedes), Doutor (Tonico Pereira), Mineiro (Eriberto Leão) e Décio (Juliano Cazarré) reúnem-se na Gramin

O mapa do túnel

Por dentro do túnel

Telma (Giulia Gam) e Amorim
(Lima Duarte) investigam o túnel

Tatu, Mineiro e Barão discutem
os detalhes da operação

A culpa de Devanildo (Vinicius de Oliveira)

Léo e os antigos parceiros
da polícia

Devanildo se aconselha com o pastor (Milton Gonçalves)

Telma e Amorim discutem o assalto

O encontro de Martinho (Cássio Gabus Mendes) e Barão

Carla é conduzida para a prisão

CAPÍTULO 13

Miro continuava esperando, do lado de fora da casa. Não entendia por que as pessoas dificultavam tanto seu trabalho. Outro dia quase fora engolido por um cachorro enorme porque o marido da dona da casa ficou com ciúme, achando que ele era um amante. Agora essa! Olhou para o relógio. Estava atrasado: tinha que terminar a rua inteira ainda naquele dia, senão o chefe ia encher o saco.

Dentro da casa, as coisas não ocorriam com a rapidez esperada por Mineiro, que olhou para Léo sem acreditar na proposta.

— Vocês estão malucos. Vão matar um cara da Prefeitura, é isso? Todo mundo pro buraco. Doutor, fala pros caras lá embaixo darem um tempo.

Antes de descer, Léo entregou a arma para Firmino.

— Caso o cara dê uma de esperto.

Depois que todos entraram no buraco, Mineiro tirou o tubo de ventilação, jogando-o para dentro do túnel. Ele e Firmino cobriram a entrada com a tábua e colocaram uma lona sobre a madeira. Então, foi à porta para receber o agente sanitário.

— Quem desligou o ar? — perguntou Tatu, dentro do túnel, estranhando a súbita movimentação.

— Pintou sujeira — informou Doutor, enquanto tirava o plugue de energia da tomada. As luzes se apagaram. — Tem que desligar tudo. Fazer silêncio total.

— Saco — reclamou Tatu. — A luz também?

— Tudo — decretou Doutor.

Metros acima, Miro inspecionava o banheiro da casa. Verificou a regulagem das torneiras e olhou por trás do vaso sanitário. Olhou para fora da casa, pela janela. Mineiro e Firmino acompanhavam o trabalho atentamente.

— Os banheiros estão ok. A área de serviço também — concluiu o agente.

— Tá tendo muito foco de dengue por aqui? — perguntou Mineiro, fingindo interesse.

— Sabe como é, com esse calor... — respondeu Miro, enquanto continuava a olhar cada canto da casa. Satisfeito, apontou para a porta que dava acesso ao quarto do túnel.

— Falta só essa — disse, dirigindo-se a Mineiro.

— Aqui não tem nada, é só um depósito — Mineiro falou, procurando disfarçar o nervosismo.

— Mesmo assim tenho que checar — insistiu Miro, aproximando-se da porta. Firmino postou-se entre ela e Miro, impedindo-o. Miro olhou para Mineiro, que fez um sinal para Firmino. Ele liberou a porta, contrariado.

A situação dentro do túnel estava crítica. A escuridão, amenizada pela lanterna na mão de Saulo, aumentava ainda mais o desconforto provocado pelo calor. Formigas passeavam pelo corpo dos homens, que tentavam matá-las com as mãos. Léo e Décio se esbarravam, buscando mais espaço. Doutor tentava colocar alguma ordem no grupo.

O agente sanitário inspecionava o quarto minuciosamente. Verificou as janelas e as condições das paredes. Parou em frente aos sacos de areia empilhados sob uma janela, intrigado:

— Tão fazendo reforma?

— Isso importa? — perguntou Firmino, nervosamente.

— Não, não... — desculpou-se Miro. — Só tava curioso.

Mineiro tentou contemporizar:

— Não liga pro meu amigo, não. A patroa colocou ele pra dormir na sala.

Miro continuou a vistoria, percebendo a quantidade de barro molhado no chão, ao lado da cobertura do túnel. Pensativo, fitou fixamente o local. Firmino colocou a mão na arma, olhando para Mineiro, que arregalou os olhos, fazendo sinal para que ele não fizesse nenhuma besteira. Miro se aproximou ainda mais da entrada do túnel e parou novamente, com os olhos fixos.

— Gol — disse, despreocupadamente. Estava, na verdade, olhando para o jogo transmitido na televisão à sua frente.

Mineiro descontraiu os ombros, suspirando.

Miro deu dois passos à frente. Estava quase pisando na cobertura do buraco. Firmino tirou um pouco mais a arma da cintura. O inspetor, satisfeito, deu meia-volta, com um sorriso. Firmino largou a arma rapidamente.

— Bem, acho que está tudo certo por aqui. Boa sorte no trabalho de vocês — concluiu Miro.

Mineiro passou o braço por sobre os ombros do agente sanitário, já o encaminhando para a saída.

— Obrigado, amigão. Estamos às ordens!

Miro se dirigiu para a porta, mas virou-se de repente. Firmino ficou novamente tenso. *O que esse filho da puta quer agora?*

— Tava esquecendo — disse para Mineiro. — Preciso que o senhor assine aqui.

Mineiro assinou o documento. Firmino continuou a encarar Miro, que não sabia para onde olhava. Pegou o documento assinado e saiu rápido dali. Havia ficado com medo do sujeito mal-encarado.

Naquela noite, Caetano, Tatu e Décio descansavam nos colchonetes. Mineiro assistia aos melhores momentos dos jogos do dia, e Carla lia uma revista feminina. Estavam no quarto de TV enquanto Firmino e Doutor trabalhavam no túnel. De repente, tudo ficou escuro. Carla foi a primeira a perguntar:

— O que aconteceu?

— A besta do Doutor deve ter acertado um cabo elétrico — acusou Tatu.

Instantes depois, Doutor colocava a cabeça para fora do túnel.

— O que houve? Chegou mais alguém?

— Não — tranquilizou Mineiro. — Faltou luz. Deixa eu ver se foi na rua inteira — disse, enquanto se levantava, indo em direção à porta. Abriu-a e foi até o portão, olhando para os dois lados.

Devanildo apareceu no quarto. Trazia uma vela na mão. Estava com cara de sono.

— Gente, acabou a luz, vocês perceberam?

— Devanildo, você pagou a conta? — perguntou Carla, já prevendo a resposta.

— Ihhh, de novo! — desesperou-se Devanildo.

Todos começaram a protestar contra a burrice de Devanildo, dizendo que sem luz não tinha túnel. Firmino se levantou e partiu para cima dele, que se encolheu em um canto do quarto.

— Seu moleque irresponsável! Como é que vamos terminar o túnel agora, seu merda?!

Caetano também se aproximou e colocou-se entre Firmino e Devanildo.

— Deixa o garoto em paz, Firmino! — disse, encarando o outro.

— Vai proteger esse veadinho agora, Caetano?!

Mineiro voltou para o quarto.

— Olha a zona, gente! Aconteceu, aconteceu. Eu mesmo pago essa conta amanhã de manhã.

— Mesmo assim vai levar três dias pra eles religarem a luz — alertou Firmino, olhando com raiva para Devanildo.

— Desse jeito a gente não vai conseguir terminar até o final de semana — disse Doutor.

— Tem que conseguir, de qualquer jeito — disse Mineiro, sobressaltado.

— Vou avisar o Barão — disse Carla, pegando o celular. — E você, Firmino, deixa o Devanildo em paz. Ele não fez por querer.

— Quero ver tu falar isso pro Barão — resmungou Firmino, voltando para o canto.

A coisa estava feia para Devanildo. Entre os homens, o clima era de desolação. O assalto teria que ocorrer no sábado seguinte, e a estupidez de Devanildo poderia colocar tudo a perder.

Sem ter o que fazer, o grupo se reuniu no quarto, à luz de velas. Léo era o único que não participava da roda. Ficou isolado em um canto, o que acontecia com frequência. Começaram a brincar de charadas. Mineiro era o centro das atenções do grupo e respondia às questões formuladas pelos outros. O desafio era resolver o enigma com as informações que Mineiro passava.

— Eles foram assassinados? — perguntou Caetano.

— Não.

— Tinha sangue no quarto? — perguntou Tatu.

— Não.

— Os dois morreram juntos? — perguntou Firmino, o mais interessado na brincadeira.

— Sim.

— Eram amantes? — Carla perguntou.

— Indiferente — Mineiro realçou a resposta, olhando profundamente para a mulher.

— O que os cacos de vidro têm a ver com a história? — indagou Doutor.

— Isso é o que vocês têm que descobrir — replicou Mineiro.

— Um matou o outro? — questionou Décio.

— Não.

— Peraí — perguntou Doutor, intrigado. — Se não mataram e nem foram mortos, o que sobra?

— Vocês estão fazendo as perguntas erradas — alertou Mineiro. — Se não foi assassinato nem suicídio, sobra o quê?

— Foi acidente! — gritou Firmino, entusiasmado.

— Siiiiiim — alegrou-se Mineiro. Todos comemoraram, mas o mistério ainda não havia sido desvendado.

— Mas pra que era a água? — perguntou Carla.

— Sim, não, indiferente — divertiu-se Mineiro.

— Repete a história — pediu Doutor.

Mineiro atendeu:

— Romeu e Julieta foram encontrados mortos num quarto. No chão tinha água e cacos de vidro.

— Eles se cortaram com o vidro? — questionou Caetano.

— Não.

— Porra, então não sei — irritou-se Tatu.

— Romeu e Julieta eram dois peixes. — Todos se viraram para ver Barão, que havia entrado sorrateiramente no quarto, dando uma tragada no cigarro. Firmino estava encantado com a solução da charada.

— O vidro era de um aquário, que caiu e quebrou, matando os dois. Do caralho! — Firmino se virou para o Barão, esperando uma confirmação.

Mineiro concordou secamente, com um movimento de cabeça. Todos murmuraram palavras de alívio e desapontamento com a resposta de Barão. Foi Devanildo quem falou:

— Tu é bom nisso, hein, Barão?

— Ele já sabia. — Mineiro queria tirar os méritos de Barão, que não perdeu mais tempo com a brincadeira.

— Eu trouxe um gerador. Nada de parar o trabalho. Quem tem que descer desce logo. Faltam só cinco dias. — Barão olhava para Mineiro, que também o encarava, com o rosto sem expressão. O tom de voz utilizado por Barão era para reforçar sua autoridade perante o grupo, inclusive Mineiro, que se tornara líder dos homens.

Barão não deixou de reparar a forma como Mineiro o olhava. *Quem é que você tá pensando que é, seu merda? Nem pense em me desafiar!* Depois, dirigiu sua raiva para Devanildo.

— E olha aqui, seu... Essa é a última vez que vou perdoar uma merda feita por você. Outra dessas e não quero saber se você é irmão do papa, tá me ouvindo?!

— Tô sim, Barão — respondeu Devanildo, choroso. — Isso não vai acontecer mais. *E que você arda no fogo do inferno, seu maldito!*

Todos começaram a se movimentar. Os que tinham que trabalhar desceram para o túnel, enquanto os outros se acomodaram para dormir. Só Caetano, que parecia alheio a tudo, falando sozinho, deixou Mineiro mais preocupado.

— Dois peixes... dois peixes.

— Caetano, chega dessa porra!

— Ah — acordou Caetano. — O que foi? Não foi nada, só tava pensando nos peixes.

— Tá, agora vai dormir que daqui a pouco é seu turno — mandou Mineiro, estranhando a mudança de comportamento de Caetano. *Ainda bem que essa porra tá acabando. Esse aí tá ficando cada vez mais louco.*

Quanto mais se aproximava a data de término do trabalho, os homens eram mais cobrados para manter o cronograma. Eles continuavam se revezando em turnos. Mineiro descia ao túnel regularmente para incentivar o grupo.

Na véspera do esperado dia, Barão chamou Mineiro e Doutor para uma conversa. Carla também participou da reunião. Barão começou:

— O lance é amanhã, nada de moleza! Vamos repassar como funciona a segurança do cofre.

— De novo? — desanimou Mineiro. Barão lançou-lhe um olhar de censura. Abriu os mapas sobre a mesa e passou a explicar como os homens deveriam se movimentar no cofre. Mineiro forçou-se a prestar atenção no que já tinha sido explicado inúmeras vezes. *Que saco. De novo essa ladainha.*

— Como eu falei, o cofre tem cinco câmeras. — Barão apontou para os pontos no mapa. — Temos um ponto cego junto à parede. Dá pra chegar à gaiola onde tá o dinheiro pela parte de trás.

— Só precisa tomar cuidado com os sensores de presença — acrescentou Carla.

— É isso aí — disse Barão, concentrado. — São oito sensores. Dois em cada parede e dois no teto. Meu contato da segurança disse que os sensores estarão deslocados amanhã. Mas não podemos encostar nas paredes. Todo cuidado é pouco.

No dia seguinte, todos estavam alvoroçados. Tatu operava a britadeira. Doutor estava a seu lado, examinando o serviço. Mineiro foi até lá para ver como as coisas estavam andando. Estava difícil controlar a ansiedade. Doutor reparou a chegada dele.

— E aí, Doutor, como estamos?

— Tá tudo certo. O combinado foi hoje e a obra termina hoje. *Deus me ajude!*

— Maravilha. Belo trabalho — disse, esfregando as mãos. Virou-se em direção à entrada do túnel. Quando se aproximou da escada, viu as pernas de Carla descendo. Parou, admirando a paisagem.

— Você por aqui? — Mineiro imprimia um falso tom solene à voz. — A que devemos tão ilustre visita?

— Todo mundo passa o dia todo aqui embaixo. Resolvi ver como é.

— Tô achando que você veio por outro motivo — insinuou Mineiro, com os olhos cravados nela. Aproximou-se da mulher, encurralando-a em uma das paredes do túnel. Carla intimidou-se por um instante, deixando-se seduzir por Mineiro. Um segundo depois, porém, caiu na real, empurrando-o.

— Tá louco? A gente não tá sozinho. — *E se o Barão me pega nessa situação, tô fodida!*

— O túnel é longo. — Carla podia sentir o hálito de Mineiro em seu rosto. Arrepiou-se enquanto lutava para colocar os pensamentos em ordem. Empurrou Mineiro mais uma vez.

— É apertado demais. Dá licença! — Carla tentava passar pelo lado de Mineiro, que não facilitava. Olhou para Mineiro e disse, em tom de ameaça:

— Tô avisando, para com isso...

— E se eu não parar? — *Vai dizer que tu não tá com vontade também?*

Carla olhou com desdém para Mineiro. Deu-lhe as costas e voltou em direção à escada, não sem antes dizer:

— Fica nesse buraco, então, que é o teu lugar!

Mineiro observou a mulher subir, com uma expressão de desapontamento. *Filha da puta!* Olhou para trás, para se certificar de que ninguém tinha presenciado a cena. Só viu as sombras tremulantes das lâmpadas. O barulho da britadeira o trouxe de volta à realidade. Viu que Doutor se esforçava para vencer os oitenta metros do túnel, em direção a ele. Chegou ofegante.

— Tá em forma, hein, Doutor?

— Nem me fala, meu filho. Isso aqui ainda vai me matar!

— E aí, a que horas a gente termina o trabalho?

— No fim do dia a gente entra no cofre. Pode escrever — disse Doutor, torcendo para estar certo.

CAPÍTULO 14

BARÃO, MINEIRO, CARLA E DOUTOR estavam parados, apreciando o momento. Na frente deles, duas grandes fileiras de gaiolas metálicas gigantes, cheias de dinheiro. O cofre tinha cerca de quinhentos metros quadrados e estava cheio.

Um dos problemas para assaltar aquele cofre, além da logística, era identificar quais cédulas levar. Isso porque grande parte do dinheiro era nova, isto é, nunca tinha entrado em circulação. Essas notas eram numeradas e poderiam ser facilmente rastreadas. Barão olhou por mais um minuto os bilhões de reais nos contêineres à sua frente, mas não teve problemas para localizar as cédulas usadas. Tinha informação também quanto a isso. Voltou-se para os outros e ordenou:

— Vamos começar porque é muito dinheiro e pouco tempo.

O grupo começou a encher os sacos pretos. Depois, os jogavam para dentro do túnel. Tatu e Caetano os recebiam e os colocavam no balde, que antes servira para levar a terra. Saulo, no meio do túnel, dava novo impulso à corda, para apressar o deslocamento. Poucos metros à frente, Léo fazia o mesmo, até que o balde chegava a Firmino, que prendia os sacos a um mosquetão para serem então içados.

Todos trabalhavam rapidamente. Os meses de escavação serviram como treinamento, já que eles usavam a mesma estrutura a que estavam acostumados para o transporte dos sacos.

Após horas de trabalho, o quarto já estava repleto de sacos recheados com notas de 50 reais. No cofre, Barão dava o processo por finalizado e já se preparava para sair.

— A gente devia tirar uma foto — disse Carla.

— Devia ter tirado uma foto antes. Agora não tem mais nada — gracejou Barão, em um dos raros momentos em que se permitia externar a sua satisfação. — *Agora falta pouco, só mais um pouco.*

— Galera, na boa — filosofou Mineiro. — Nessas horas me dá o maior orgulho de ser brasileiro.

Carla sorriu com o comentário de Mineiro enquanto o grupo se dirigia ao túnel. Atravessaram rapidamente os oitenta metros que os separavam da casa. Barão foi o primeiro a subir as escadas, chegando ao quarto. Mineiro, ajudado por Léo, organizava os sacos, lacrando-os com quantidades predefinidas. Devanildo também estava no quarto, mas seu nervosismo o impedia de se concentrar no trabalho. Foi repreendido por Barão:

— Tu tá fazendo o que aí, Devanildo?

— Eu? Nada, não. Tava só olhando...

— Tu não é pago pra olhar, é pago pra trabalhar. Pega aquele saco e traz aqui.

Devanildo foi até a parede e voltou com um saco preto. Barão o abriu e Devanildo pôde ver o conteúdo. Estava cheio de pó branco. Ele afastou-se instintivamente do saco, de olhos arregalados.

— Misericórdia! Ah, não, Barão. Eu não mexo com droga, não!

Barão se irritou:

— Que droga, sua besta, não tá vendo que é cal?

— Cal? — estranhou Devanildo. — Pra quê?

— Você pergunta demais, Devanildo — reclamou Barão. — Cala a boca e começa a espalhar pela casa toda. Chão, parede, tudo.

— Mas cal queima a mão — lamentou-se Devanildo, mostrando as palmas das mãos a Barão.

— Tem razão, Devanildo. Cal queima, né? E você não pode machucar suas mãozinhas delicadas — disse Barão, condescendente, para depois gritar: — Bota uma luva, porra!

Devanildo se assustou com o berro de Barão, encolhendo-se.

— E anda logo com isso, antes que eu resolva te deixar pra trás — completou Barão, dando as costas a Devanildo.

Após a divisão do dinheiro nos sacos, os homens começaram a jogá-los nas vans, estacionadas na garagem. Firmino e Devanildo carregavam as duas últimas sacolas. Barão inspecionou a casa mais uma vez. Várias cédulas ficaram no chão, além das caixas de remédio, roupas e utensílios de cozinha.

— Terminou, cambada. Vambora! — determinou ao grupo.

As quatro vans saíram juntas quando o sol começava a nascer, tingindo o céu de vermelho. O pequeno comboio seguia em velocidade normal pelas ruas de Fortaleza, para não chamar atenção. Ao passar por um quebra-molas numa esquina, os carros foram obrigados a diminuir a velocidade a quase zero. Nenhum dos homens percebeu que Martinho tirava fotos dos carros.

Os carros chegaram ao casarão vinte minutos após saírem da Gramin. Os homens descarregaram o dinheiro, colocando os sacos empilhados num dos cantos da sala. Após um dia inteiro de trabalho, estavam exaustos. Mas o clima era de euforia. Saulo, sentado no chão, com as costas apoiadas na parede, olhava fixamente para o dinheiro, enquanto Carla e Barão, num canto, faziam contas.

Barão se levantou e foi em direção ao grupo. Décio vinha do banheiro, eufórico com o sucesso do assalto.

— Negada, a gente tá rico!

— Só não esqueçam que não é essa grana toda que eu vou dividir — alertou Barão. — O trato foi duas milhas pra cada um.

— Uhul! — gritou Firmino.

Saulo, sentado junto a uma das paredes, em frente ao dinheiro, não parecia satisfeito. Protestou:

— Isso não tá certo.

Assim como todos os demais, nunca tinha visto tanto dinheiro na vida. Ficara impressionado com o volume de cédulas que tinham transportado, e aquela quantidade, associada aos ensinamentos de Doutor sobre distribuição igualitária do produto do trabalho, o havia convencido de que a divisão estava errada.

Saulo era um homem simples, tanto em relação às origens quanto ao intelecto. Era facilmente doutrinável. Tivera uma infância pobre, sem estudo, e se admirava com as pessoas cultas, a quem considerava, de certa forma, superiores a ele. Tinha sido condenado pela Justiça por estupro e por tráfico, além de preso algumas vezes por bater carteiras em Fortaleza. Nem gostava de se lembrar dos curtos períodos que passara na prisão.

Não conseguia apagar da memória as atrocidades que presenciara. Um fato em especial o tinha marcado. Naquela época, o PCC ainda estava chegando às penitenciárias de São Paulo, mas já tinha alguma força entre os presos. Havia um "batismo" para entrar na facção, e uma das provas por que o candidato tinha que passar, após receber necessariamente um convite de alguém de dentro, era executar uma pessoa. Um dos presos foi o escolhido para morrer, e não durou mais de dois dias no presídio. Não que a morte fosse novidade para ele, mas o corpo do homem fora pendurado nas grades da cela.

A sigla do grupo criminoso tinha sido gravada a ferro em seu peito. Saulo ainda podia sentir o cheiro de carne queimada.

Tinha simpatizado quase que instantaneamente com Doutor, a quem passara a admirar em função de sua eloquência ao pregar a doutrina socialista. Saulo já tinha ouvido falar desse tal comunismo, mas não sabia direito do que se tratava, até o momento em que passou a prestar bastante atenção às palavras de Doutor, absorvendo tudo o que o homem dizia. Sua ideologia contaminou Saulo, cada vez mais certo de que a riqueza produzida por uma sociedade deveria ser repartida entre todos na medida de sua contribuição para a geração daquela riqueza.

Pelo mesmo motivo, estava convencido de que o dinheiro do roubo deveria ser dividido em partes iguais por todos que haviam trabalhado no plano.

— Isso não tá certo — disse, provocando um silêncio desconfortável na sala. — Olha a trabalheira que deu... dividindo por igual, daria uns... — tentou fazer as contas, sem sucesso.

— Quinze milhões — ajudou Doutor.

— Isso. Quinze milhões pra cada um — disse Saulo, olhando para Barão.

Barão e Mineiro se entreolharam, preocupados.

Era só o que faltava, aos 45 do segundo tempo, pensou Mineiro.

— A gente já passou por isso, Saulo — disse Barão calmamente. — Eu perguntei antes e todo mundo topou.

— É, mas isso foi antes de saber que a gente tinha tanto dinheiro.

Caetano interferiu, querendo pôr fim à discussão:

— Saulo, relaxa. O que você quer comprar com 15 milhões que 2 milhões não compram?

— A questão não é essa. Todo mundo trabalhou por igual, devia ganhar igual. Não é assim, Doutor?

Todos se voltaram para Doutor. Ele pensou por um momento e respondeu:

— Saulo, a verdade é que todos os animais são iguais, mas alguns são mais iguais do que os outros. — Os homens fizeram cara de quem não entendeu nada.

Mineiro reagiu, levantando-se da cadeira.

— Saulo, eu entendo a tua lógica. Você tá completamente certo. Ou melhor, *estaria*, se todo mundo aqui fosse sócio. Sociedade é assim, divide os lucros por igual. Mas vocês não são sócios, foram contratados para realizar um serviço, e muito bem-pagos, por sinal. Quando você é contratado, ganha menos, mas também tem uma grana certa, não precisa investir nada, não divide os riscos, as despesas... Entendeu a diferença?

— Tu fala bonito pra caralho, Mineiro — sibilou Saulo. — Mas a verdade é que aí tem muito mais dinheiro do que os 2 milhões que vocês prometeram. E aí, gente? Vão dizer que não acham que deviam levar mais?

Todos se entreolharam, murmurando palavras incompreensíveis. Barão perdeu a paciência e resolveu dar um fim à questão.

— Tá certo, então. Todo mundo aqui acha que merecia ganhar mais?

Todos assentiram, mais animados. Saulo sorriu, vitorioso. Subitamente, Barão pegou um maço de dinheiro e jogou para Saulo:

— Saulo, toma aí.

Enquanto Saulo fazia o movimento para pegar o maço, Barão sacou sua arma e disparou. Saulo caiu, de olhos arregalados, desabando. À medida que ia caindo, o sangue formava uma trilha vermelha na parede. Barão guardou a arma, encarando o resto dos homens. Carla assustou-se com a atitude de Barão.

— Pronto — disse ele. — Todo mundo ficou dez por cento mais rico agora que tem um a menos pra dividir. Mais alguém disposto a renegociar?

Todos ficaram quietos. Mineiro balançava a cabeça, lastimando a morte de Saulo.

— Décio, se livra desse traste aí — ordenou Barão.

Mineiro rapidamente se refez do choque:

— Que cara é essa, gente? Não é porque o maluco se deu mal que isso aqui tem que virar um velório.

Todos olharam para Mineiro, tentando se recompor. Tatu olhou mais uma vez para o corpo de Saulo. Apontando para ele, perguntou:

— O que a gente faz com o presunto?

— Sei lá — respondeu Décio. — A gente joga numa vala qualquer. Não quero me preocupar com isso, não. Antes ele do que eu.

— É isso aí, gente — Carla deu por encerrado. — Agora é cada um por si. — *Quero ir embora daqui logo, tratar de voltar à vida a que eu tenho direito.*

— Uma última coisa — arrematou Barão, com sua voz grave e baixa. — Nada de sair gastando, nada de se encontrar, e mais importante: nada de falar demais.

Todos se entreolharam, concordando. Léo aproximou-se de Barão, curioso.

— E essa grana toda aí? Tem uns 140 milhões? Vai fazer o que com ela?

— Não que isso seja da sua conta — respondeu Barão. — Mas vai pra São Paulo, longe do bico de vocês. O lance já tá todo armado.

Todos começavam a se despedir, abraçando-se, felizes. À exceção de Décio e Léo, que se evitavam, e de Tatu e Doutor, apesar de o engenheiro tentar cumprimentar o mestre de obras, que lhe deu as costas. Barão se aproximou de Mineiro com um saco de dinheiro.

— Tá aqui a tua parte, igual à dos outros.

— Já que todos os animais são iguais... — brincou Mineiro.

— O resto te mando depois, como combinado. Dez milhas.

Mineiro sorriu e deu um abraço afetuoso em Barão, que retribuiu.

— Valeu, irmão — disse Mineiro, no ouvido de Barão. — Cuidado com a linha que ela é torta.

— Como é que é? — Barão perguntou, curioso com a expressão.

— A gente se vê por aí — resumiu Mineiro.

CAPÍTULO 15

No interior da Superintendência da Polícia Federal no Ceará, Chico Amorim e Telma Monteiro subiam as escadas que os levavam à Delepat. Travavam uma discussão que se repetia dia após dia, sem que um conseguisse convencer o outro:

— Pegou 15 anos, Amorim. Sem o exame de DNA teria escapado — dizia Telma, contrariada.

— Só estou falando que vocês dependem demais de computadores, exames e testes de laboratório — replicou Amorim.

— A gente já discutiu isso antes. Porque funcionam! — *Haja paciência com esse cabeça-dura!*

— Mas não substituem a intuição. Você se importa mais com o resultado de um teste do que com a compreensão da mente do marginal. — *Que mulherzinha mais difícil!*

— Agora eu entendo por que tua mulher te deixou! — Telma se exasperou, arrependendo-se no momento em que as palavras saíram.

— Eu não precisava disso — lamentou Amorim, encarando Telma, chateado.

— Eu sei. Desculpe. Mas você também não facilita. É rabugento demais! — Telma tocou o ombro do colega.

— É... e você também é um doce de pessoa — ironizou Amorim, retomando a caminhada.

Eles chegaram à sala de Amorim. Telma se sentou.

— Amorim, quem fica resmungando o tempo todo por causa do trabalho é você. Se tivesse uma vida fora daqui não ia ser assim.

— Telma, você tá trabalhando comigo pela segunda vez e já quer me analisar? — questionou Amorim, secamente. *Cuida da sua vida.*

Telma fez menção de responder, mas o celular de Amorim tocou.

— Chico Amorim falando. — O policial se afastou. O celular de Telma também tocou. Ela atendeu e seguiu para a sua sala.

Logo depois, Amorim chegou e fez sinal para Telma. Ela ainda estava ao telefone.

— Amor — sussurrou junto ao celular —, preciso desligar. Tchau.

— Telma, te arruma. Temos que sair, rápido! — determinou Amorim, tenso.

— O que aconteceu?

— Te explico no caminho. Vamos!

Em minutos, Amorim e Telma chegavam ao estacionamento do número 273 da avenida Heráclito Graça, onde fica o Banco Central de Fortaleza. Diversos jornalistas já estavam lá, ávidos por uma entrevista que pudesse informá-los sobre o que de fato havia ocorrido. Além deles, dezenas de curiosos acompanhavam a movimentação, junto com os funcionários do banco, impedidos de entrar para o trabalho. Duas viaturas da Polícia Civil do Ceará também estavam lá. Amorim parou o carro e desceu com Telma, evitando os repórteres que se aproximavam apressadamente. Passaram pela barreira de policiais e se dirigiram ao interior do prédio. Foram recebidos por Pimentel, responsável pela segurança do banco.

— Não vou lhe desejar bom-dia porque imagino que a semana não tenha começado nada bem, não é, seu Pimentel? — gracejou Amorim enquanto observava detidamente o saguão de entrada.

— Pois é, delegado. Estamos todos atônitos com o ocorrido e à disposição para fornecer qualquer informação que facilite a investigação da Polícia Federal.

— Vamos por partes. Acho que seria melhor ir até o cofre para ver o que esse pessoal fez.

— Alguém já entrou no cofre hoje, seu Pimentel? — perguntou Telma.

— Somente eu estive lá. Ninguém mais.

— Melhor assim — atalhou a policial.

Os três caminharam por um comprido corredor, após passarem por três portas de segurança, em cujos sensores Pimentel teve que pressionar o polegar. Em seguida, entraram num elevador, também sob vigilância.

Desceram até o quarto andar subterrâneo e cruzaram novamente um labirinto de túneis, portas e catracas. *Tanta segurança interna pra nada*, pensou Amorim, enquanto chegavam à porta do cofre.

Pimentel falou algo pelo rádio, e a porta se abriu. Amorim e Telma entraram e passaram a observar o interior do cofre. À direita, Pimentel indicou as prateleiras de onde o dinheiro fora retirado. Próximas a elas havia outras iguais, onde estavam depositadas notas novas, em pacotes lacrados.

— Os criminosos ignoraram as cédulas novas. Foram direto para as velhas que as agências mandam para serem incineradas — explicou Pimentel.

— Vocês já têm uma estimativa do montante? — perguntou Amorim.

Pimentel pigarreou, constrangido:

— Aproximadamente 164 milhões.

Amorim assobiou, impressionado.

— Preciso das fitas das câmeras de segurança — informou Telma.

Pimentel desviou o olhar, embaraçado.

— Qual é o problema? — questionou a policial.

— É que... as câmeras são só pra vigilância. Elas não gravam. Quem ia imaginar que iam abrir um buraco no chão? — O homem olhava para o chão, envergonhado.

— Meus parabéns, Pimentel. Sua falta de imaginação causou um prejuízo de 164 milhões — concluiu Amorim, sarcástico. *Idiota!*

Os três seguiram em silêncio para um dos cantos do cofre, observando sua estrutura. Sobre suas cabeças, dois enormes guindastes presos a duas hastes metálicas em T davam a dimensão da quantidade de dinheiro depositada ali.

— Quem é que monitora as câmeras? — quis saber Telma.

— Uma empresa de segurança terceirizada — respondeu Pimentel.

— Quero falar com quem estava de plantão — disse Amorim.

— Tenho que consultar a planilha do rodízio. Mas posso adiantar que nos finais de semana fica só um funcionário no plantão, por turno.

— Bom, chama ele — decidiu Amorim. — Pode ser que tenha visto alguma coisa.

— Não. Ele não viu nada — declarou Telma, apontando para um dos guindastes, localizado exatamente em frente à câmera de segurança que cobria a área onde o buraco fora feito.

— Que sorte a dos caras, hein? Encontrar uma empilhadeira bem à mão para tapar a câmera...

— Não é sorte. Eles sabiam. — Telma olhou para Amorim, triunfante. Calou-se, entretanto, assim que percebeu que se tratava de sarcasmo do colega. Amorim curtiu o desconcerto dela, mas o constrangimento não durou nem um segundo. —

Olha esses sensores. Mexeram neles — disse, apontando para cima.

— Mas quem são esses caras? — perguntou Amorim, espantado.

CAPÍTULO 16

Os homens deixaram a casa um a um. Barão e Carla foram os últimos, precedidos por Mineiro. Todos disfarçavam bem a ansiedade em deixar o casarão.

Barão e Carla encontraram Martinho, que assumiu o volante de uma das vans, enquanto o casal pegava dois sacos de dinheiro e entrava em outro carro, rumo à casa de Barão.

Chegaram em casa. Carla não continha a excitação. Assim que deixaram os sacos no chão, arrastou Barão para a cama e tirou-lhe a roupa. Subiu em cima dele e começaram a transar. Barão pegava nos peitos da mulher, que se movimentava vigorosamente enquanto gemia de olhos fechados. Logo ele a virou e passou a comandar os movimentos por cima, segurando as mãos de Carla, que, como de costume, tentava se soltar, sem sucesso. Não tardaram a gozar, juntos.

Barão deitou-se ao lado de Carla, ofegante. A mulher estava elétrica. *Temos que fazer as malas e sair logo daqui. Podemos ir pra onde quisermos! Milão, Paris, Londres, o mundo ficou pequeno para nós!*

— A gente tá rico, Barão — disse, olhando para o homem, que se limitava a escutar. — Você entende isso? Que tudo vai mudar pra gente? Nem acredito que deu tudo certo! Agora a gente tem que comemorar.

— A gente até pode comemorar, Carla, mas não vai poder mexer nesse dinheiro por um tempo.

— Isso foi pra eles, não pra gente — replicou Carla. — A gente é diferente.

— O que vale pra um vale pra todos. É perigoso.

— Perigoso por quê, Barão? A gente pode se mandar, ninguém vai saber da gente. O dinheiro tá guardado no esquema, tá seguro.

— Se mandar pra onde?

— Sei lá... Paris, Nova York, Papua-Nova Guiné, pra onde você quiser...

— A gente tem que ter calma, mulher.

— Eu não vou ter calma, não. Essa grana é minha também. Eu tenho direito à minha parte!

— Essa grana é *nossa*, e a gente só mexe nela quando *eu* decidir. Tá entendendo? — Barão se levantou da cama, indo para o banheiro.

— Você é quem manda, Barão — disse Carla, frustrada. — Como sempre. — *Eu não acredito nisso! Que ódio!*

Mineiro se jogou na cama do motel. Garrafas de champanhe povoavam um dos criados-mudos, sob um abajur. Duas prostitutas se atiraram sobre ele, animadas com o elevado cachê oferecido pelo homem.

— E aí, gato? Tem certeza de que dá conta das duas? — provocou uma delas.

— Se quiser, pode chamar mais uma pra ajudar — respondeu Mineiro.

As mulheres começaram a rir da piada. Mineiro reforçou:

— É sério. Pode ligar. Se é pra dar uma festinha, vamos fazer direito — disse, enquanto colocava a boca nos peitos de uma das moças e a mão nas pernas da outra.

***

Léo também teve uma noite de rei. Ao chegar em casa, abriu o saco do dinheiro e mostrou para Lucy, que começou a gritar, eufórica.

Na manhã seguinte, a mulher não perdeu tempo e saiu para começar a gastar o dinheiro. Tinha passado os últimos meses cobiçando as roupas caras de uma das lojas do shopping, e aquela seria a hora de saciar seus sonhos de consumo. Deixou Léo dormindo e partiu para as compras.

Léo acordou e continuou deitado em sua cama, descansando. Cochilava, satisfeito, quando a campainha de sua casa tocou. Ele pensou que pudesse ser a esposa, estranhando o fato de ela ter voltado tão rapidamente. Foi à porta e teve uma surpresa. Eram Robson e Vagner, ex-colegas do tempo de Polícia Civil. Léo fez cara de poucos amigos e manteve a porta entreaberta.

Os dois faziam parte da banda podre da polícia, a mesma a que Léo pertencera antes de ser expulso. A polícia era, para ambos, não uma profissão, mas um meio para facilitar seus negócios escusos.

— Coisa feia, Léo. Depois que saiu da polícia não fala mais com os amigos — disse Robson.

— Amigo não entrega amigo.

— Queria que a gente fizesse o quê? Virasse pro corregedor e falasse "Ó, prende a gente porque ele roubou, mas nós roubamos juntos"? — Vagner se defendeu, encarando Léo, em posição desafiadora.

— De qualquer forma, são águas passadas — concluiu Robson, empurrando bruscamente a porta. Os dois entraram. — A gente tá aqui pra falar do futuro, do *seu* futuro.

— Não tenho nada pra falar com vocês — disse Léo.

— Eu te ajudo. A gente tá sabendo que você meteu a mão numa grana preta.

— Não sei do que vocês estão falando..

— Pra cima de mim? — ironizou Robson. — Minha mulher viu aquela baranga que você come gastando os tubos hoje lá no shopping...

— Até casaco de pele ela comprou — acusou Vagner. — Deve estar programando uma viagenzinha pra Europa, não é, Léozinho?

— E daí? — Léo se revoltou. — O esquema é meu. A grana é minha.

— O esquema é nosso, Léo. Nosso! — Robson aproximou-se de Léo. — A gente quer entrar. O que é? Contrabando? Proteção?

— Não tem esquema nenhum. Foi uma coisa única. Acabou — falou, rispidamente.

Robson imprimiu à voz um falso tom de frustração.

— E nem esperou a gente? Sacanagem. Conta aí, o que que tu fez? Pra ser tanta grana assim, só se você tiver roubado um banco.

Léo ficou calado, mas a sombra que passou pelo seu rosto o denunciou.

— Caceta! — vibrou Robson. — Tu participou desse assalto ao Banco Central!

Léo arregalou os olhos, assustado. Engoliu em seco e disse, em um fiapo de voz, desviando os olhos de Robson:

— Não sei do que você tá falando...

Vagner interveio prontamente:

— Talvez a gente tenha que te levar pra delegacia pra averiguação. O que é que tu acha? Os federais estão em cima!

Robson sacou a arma que estava em sua cintura e a apontou para Léo enquanto dizia:

— Ou talvez não. Talvez a gente resolva tudo por aqui mesmo, não é, Léo?

CAPÍTULO 17

TELMA ESTAVA ANSIOSA PARA descer no túnel. Amorim, entretanto, falou para ela esperar, pois não era seguro que eles fossem sozinhos. Telma sabia disso, mas a última coisa de que queria se lembrar era de cumprir o procedimento à risca. Queria logo entrar no buraco para saber onde ele ia parar.

Outros quatro policiais se apresentaram e entraram no buraco à frente de Amorim e Telma. A progressão deveria ser feita com extrema cautela, uma vez que ninguém sabia o tamanho do túnel, tampouco o local até onde ele levaria. Os policiais foram avançando passo a passo, com o auxílio de lanternas. Telma estava impressionada com a engenhosidade da quadrilha. Colocou a mão em uma das paredes do buraco e pôde senti-la fria e úmida. *Como é que esses caras conseguiram trabalhar durante tanto tempo em um ambiente claustrofóbico como esse?*

Após quase cem metros de avanço, encontraram uma escada que subia por uma abertura, dando acesso ao solo, quatro metros acima. Os policiais logo fizeram uma varredura no local, a fim de permitir que a perícia pudesse entrar, o que só ocorreria quando o endereço da casa fosse levantado e o local dado como seguro. Dois dos policiais fizeram uma vistoria em todos os cômodos. O terceiro permaneceu na sala de saída do buraco, enquanto o outro ficava no túnel, para garantir a segurança por ali.

Telma e Amorim finalmente subiram as escadas. Foi ele quem primeiro notou que a casa, do chão ao teto, estava toda pintada de branco.

— Mas que diabos...?

— Cal. Eles foram espertos! — respondeu Telma prontamente, sem tirar os olhos das paredes.

— O que foi? — Amorim se irritou. — Virou fã de bandido agora?!

— Claro que não — Telma se exasperou —, mas você tem que admitir que eles são inteligentes.

Amorim ficou olhando para a colega, não convencido de seu argumento. Telma não pôde conter a curiosidade e se dirigiu para a recepção. Precisava saber mais sobre os caras que tinham feito tudo aquilo. Amorim a seguiu. Toda a casa estava pintada de cal. Devanildo fizera um bom trabalho.

Telma e Amorim chegaram à recepção, onde havia uma mesa de escritório, duas cadeiras giratórias, uma poltrona e um armário. Sobre a mesa, um aparelho telefônico e, pelo chão, várias cédulas de 50 reais. Em alguns cantos, por toda a casa, havia comprimidos espalhados. Ainda procuravam captar todo o cenário desorganizado que viam à frente quando um dos policiais que os acompanhavam entrou, sem conter a surpresa:

— Que sujeira!

— Os caras conhecem o procedimento da polícia — adiantou-se Telma, antes que Amorim pudesse falar. — Vai ser difícil encontrar digitais.

Telma sabia como os criminosos raciocinaram, pois conhecia muito bem o processo de coleta de impressões digitais. Ele só é possível porque o suor expelido naturalmente pelo corpo misturado à gordura da pele faz com que os desenhos dos dedos fiquem impressos onde quer que a pessoa toque.

E Telma sabia que era exatamente aí que entrava a cal. Ela é capaz de destruir a gordura, e sem gordura não seria possível coletar as impressões. Não que fosse impossível conseguir uma, até porque ninguém conseguiria pintar de cal toda a extensão das paredes da casa sem nenhuma falha. Mas o trabalho para os peritos seria redobrado. A policial já notara que o telefone sobre a mesa tinha uma pequena área que estava livre do produto. Era torcer para que pudessem encontrar uma ali.

Amorim se aproximou da mesa, curioso. Se houvesse algo dentro das gavetas, por mais improvável que fosse, ele queria logo ter acesso. Um número telefônico, um nome escrito em um papel, um maço de cigarros, qualquer coisa poderia oferecer pistas de quem eram os criminosos. Levou a mão para abrir uma das gavetas, mas foi interrompido bruscamente por Telma.

— Para, Amorim! Tá maluco?! Quer contaminar a cena do crime!?

Amorim ficou com o braço suspenso no ar, sem reação. Voltou a si um segundo depois e levou a mão em direção a Telma, com a intenção de mostrar-lhe o dedo médio, mas se conteve.

— Respirar pode?! — perguntou utilizando o mesmo tom de Telma. — Ou também vai contaminar a cena do crime?! — *Que merda!*

Telma preparou-se para responder, mas seu celular tocou. Ela o desligou e voltou-se para Amorim, irritada:

— Depois que a perícia tiver terminado, você pode brincar.

Exasperado, Amorim deu as costas para Telma e se dirigiu até a saída da casa. Telma se arrependeu novamente da forma como tratara Amorim. Precisava controlar seu gênio.

— Aonde você vai? — Seu tom de voz era agora mais amistoso.

— Descobrir que porra de lugar é este — respondeu secamente, enquanto saía para a rua.

No momento em que Amorim saía, uma equipe de peritos já se preparava para iniciar as buscas por evidências. Telma chamou um deles e indicou o aparelho telefônico. O jovem rapidamente iniciou seu trabalho. Abriu a maleta e pegou um pincel, um pequeno pote com um pó preto e algo que lembrava uma fita adesiva. Se houvesse alguma digital ali, ele iria descobrir.

CAPÍTULO 18

Amorim saiu com cautela da casa, mais por costume do que outra coisa. Não esperava que alguém da quadrilha estivesse ali, mas ainda assim manteve o procedimento. Foi até o portão, empurrou-o e saiu, olhando de volta para a fachada da casa. Leu a placa. *A Telma tem alguma razão. Esses caras são muito espertos. Grama sintética. Até que a ideia é boa. Quem é que ia desconfiar de tanta terra sendo retirada de um lugar como esse?* Olhou para os lados, procurando inspiração. Virou-se para a casa em frente à Gramin e observou uma senhora sentada em uma cadeira, aproveitando a sombra de sua própria casa. Pela maneira com que observava todos os seus movimentos, pensou Amorim, a mulher seria uma boa fonte de informações.

Cumprimentou a senhora, que o olhou desconfiada. Sua expressão foi mudando, porém, enquanto Amorim explicava o que havia ocorrido bem diante dos olhos dela.

— Então foram eles? Eu nunca ia imaginar! — disse o senhor que estava na janela da casa, pegando o policial de surpresa. Devia ser o marido, julgou Amorim. A mulher virou-se para a janela.

— Claro que não ia, Vladimir. Você nunca sabe de nada. Eu, sim, tinha certeza de que boa coisa não podia sair dali. Esses olhos que Deus me deu veem tudo. Tudo.

Amorim fez uma expressão interessada.

— A senhora então notou algum comportamento suspeito?

— Suspeitíssimo — dramatizou a mulher. — Eu vivia falando pro Vladimir: tem alguma coisa errada ali, tem alguma coisa errada ali. Fala pra ele, Vladimir!

Vladimir olhou confuso para a mulher, sem saber do que ela estava falando. Ia perguntar algo quando foi interrompido:

— Olha, seu polícia, eu não queria falar nada porque sou uma pessoa discreta, mas um bando de homem mal-encarado, todo sujo de barro, de areia, carregando saco de um lado pro outro, sempre até tarde...

— Estavam trabalhando, Norma! — disse Vladimir.

— Cala a boca, Vladimir, ninguém te perguntou nada!

Amorim olhou para o homem com pena. Suspirou e voltou-se novamente para Norma. Tinha que sair algo dali.

— Sei. Então a senhora os viu trabalhando. E isso era suspeito porque...

— Desde quando se trabalha sério assim neste país? Coisa boa não podia ser!

— Vocês chegaram a conversar com eles?

— Imagina! — exasperou-se Norma. — Eu sou mulher direita e não perco tempo com vagabundo. Nem você, né, Vladimir?

O homem da janela apenas balançou a cabeça, confirmando, sem escolha.

Amorim agradeceu, desanimado, e passou a percorrer a rua, em busca de alguém que pudesse fornecer alguma informação. Mais à frente observou um bar. Se vários homens estiveram naquela casa por tanto tempo, não era possível que não tivessem ido ao menos uma vez ao boteco. Entrou e se dirigiu ao balcão. Tirou a carteira do bolso e a apresentou à senhora com os cabelos cheios de laquê que tinha atendido Mineiro semanas antes.

— Mas como ele era, dona? Tinha pinta de bandido?

— Pinta de bandido? Não, de jeito nenhum! Era até muito simpático. — A mulher chegou mais perto de Amorim e imprimiu à voz um tom de confidência: — Que meu marido não nos ouça, mas... acho até que ele me deu bola.

Amorim conseguira muito pouco naquele dia. A rua da casa, porém, não seria o único local que visitaria. Após algumas horas, retornou à Superintendência, indo direto para a sala de Telma. Entrou e jogou um maço de documentos no colo da colega. Telma olhou para a pasta com o timbre da Junta Comercial de Fortaleza. Colocou-a sobre a mesa e começou a abri-la, curiosa. Seu telefone tocou neste instante.

— Oi, amor, não posso falar agora, tá? Porque tô trabalhando. Tá, tá... depois a gente conversa. Também te amo, tchau — despediu-se secamente, constrangida com a presença de Amorim. Abriu a pasta na página em que havia a cópia de uma identidade. Olhou surpresa para o documento e depois para Amorim, como a pedir explicações. Amorim explicou:

— O filho da puta tá tirando sarro da nossa cara. Olha o gorro! Ele nem tentou disfarçar que a identidade é falsa.

Telma aproximou o papel do rosto para observar os detalhes.

— E não é só, Amorim. Olha a data de nascimento: 6 de agosto de 1968!

— O dia do assalto! — surpreendeu-se Amorim.

Telma largou o papel sobre a mesa e não conteve uma risada. Amorim lançou-lhe um olhar de desaprovação.

— E você acha graça?

Telma olhou para ele, com um ar divertido.

— Esse Antônio da Silva é bandido, mas tem senso de humor.

Amorim ignorou o comentário.

— E a perícia na casa? Encontrou alguma coisa ou o esporro foi só pra me irritar?

— Mais ou menos. A perícia encontrou uma digital, mas o cara não é fichado.

Amorim suspirou e deixou caírem os ombros, desanimado.

— Continuamos na estaca zero.

Amorim detestava dar entrevistas, mas tinha que cumprir ordens, apesar de argumentar com seu chefe, o superintendente regional da PF no Ceará.

— Nós não temos o que falar para a imprensa, dr. Nogueira! — *Vamos deixar esses urubus rodeando a carniça. Não precisamos alimentá-los.*

— Como assim, não temos, Amorim? O maior assalto do Brasil acontece a 15 minutos de nós e não temos o que explicar?

— Mas ainda está muito cedo! Preciso de mais tempo para aprofundar as investigações. — *O que é que eu vou dizer pra esses caras?*

— Amorim, eu não quero que você solucione um caso como esse em um ou dois dias, mas temos que falar alguma coisa para a imprensa.

Os dois ouviram uma batida na porta. Mateus, o assessor de imprensa da Superintendência, enfiou a cabeça para dentro da sala.

— A imprensa já tá esperando.

Nogueira olhou para Amorim, que ainda tentou mais uma vez.

— Mas o que eu vou dizer...

— Amorim, apenas explique o que houve e o que estamos fazendo. Estou certo de que você é capaz — disse o superintendente, se levantando. Era a senha para que Amorim se retirasse.

Momentos depois, Amorim, respirando fundo, entrava na sala de imprensa, apinhada de jornalistas, fotógrafos e câmeras de TV. Telma permaneceu à porta, observando, tensa.

Amorim sentou-se à mesa, na qual já havia vários microfones, cada um de uma emissora diferente. Os flashes das câmeras começaram a disparar. Todos queriam enquadrar o rosto de Amorim com os emblemas da PF impressos no grande *banner* atrás do policial.

— Bem, como todos sabem, no último fim de semana o Banco Central de Fortaleza foi assaltado. As investigações acabaram de ser iniciadas, e o que pudemos apurar é que o dinheiro foi retirado por um túnel de cerca de oitenta metros de comprimento. Tudo mais não passa de especulação.

Um dos jornalistas se adiantou, mal deixando Amorim terminar a frase.

— Quem são os bandidos?

— Estamos investigando — respondeu Amorim, tenso.

Outro repórter perguntou:

— Como eles conseguiram cavar um túnel desse tamanho sem ninguém notar?

— Estamos investigando — o policial repetiu a resposta, inseguro.

— O senhor acha que houve participação de alguém de dentro do Banco Central?

— Por enquanto isso não passa de especulação, mas estamos investigando.

Os flashes não paravam de estourar, e as fortes lâmpadas das câmeras faziam Amorim suar. Os jornalistas começaram a perguntar todos de uma vez. Amorim tentou, em um primeiro momento, entender algumas das perguntas, mas era impossível. Perdeu a paciência e se levantou, deixando a sala. Como se já não bastasse o crime que tinha para solucionar, ainda era obrigado a aguentar aquela bagunça.

— A entrevista está encerrada. Muito obrigado — gritou o assessor de imprensa, na esperança de que os repórteres ouvissem, apesar da confusão.

***

Amorim se encaminhou diretamente para a garagem da Superintendência. Tinha mais o que fazer do que ficar dando explicações para a imprensa. Voltou ao prédio do Banco Central e foi conduzido à sala da segurança do cofre. Fuji, o segurança presente no dia do assalto, o aguardava. Amorim puxou seu caderno de anotações e se dirigiu ao homem assustado:

— E então, sr. Fuji? Aqui diz que o senhor estava de plantão no dia. Seu trabalho era monitorar as câmeras, não é isso?

— O senhor não tá pensando que eu tive alguma coisa a ver com isso, né? — perguntou o segurança, nervoso, se remexendo na cadeira.

— Por enquanto não tô pensando nada. — Amorim encarava o homem fixamente. — Você ficou todo o tempo diante dos monitores?

— Sim, senhor. Só saí pra dar uma mijadinha, bem rapidinho — respondeu o segurança, com um sorriso amarelo no rosto. — *É claro que eu não fiquei o tempo todo aqui. Quem é que fica?*

— E nem desconfiou que o banco estava sendo assaltado?

— Vou ser sincero com o senhor, doutor... O senhor já viu a qualidade dessas câmeras? — Fuji apontou para os monitores fixados à parede na sua frente.

Amorim aproximou-se, forçando a vista para conseguir enxergar a tela esverdeada que mostrava o interior do cofre. A qualidade das imagens era péssima.

— E é sempre essa merda?

Fuji deu de ombros. Tinha razão em dizer que só com muito boa vontade alguém poderia perceber alguma movimentação a partir de imagens tão ruins.

CAPÍTULO 19

Josué dirigia um caminhão-cegonha, carregado com cerca de 12 carros, na BR-116, conhecida como rodovia Santos Dumont, que começa em Fortaleza e termina mais de quatro mil quilômetros ao sul, na fronteira com o Uruguai. Atrás dele, um sedã preto de vidro escuro se aproximava sem chamar a atenção, até seu motorista acionar uma sirene e colocar o *rotolight* sobre o teto do carro. A luz vermelha chamou a atenção de Josué, que a viu pelo retrovisor.

— Merda! — praguejou.

Tenso, Josué acelerou, passando dos cem quilômetros por hora. O carro preto também acelerou, aproximando-se ainda mais do caminhão. Josué pisou fundo. O caminhão começou a ranger. Os carros que iam sobre a caçamba pulavam a cada buraco da estrada, desestabilizando o caminhão, a muito custo dominado por Josué, que tinha a boca seca de medo.

O caminhão passou a toda pelas placas que indicavam um posto da polícia mais à frente. O carro preto desacelerou, desligando a sirene. Uma mão puxou o *rotolight* do teto. Josué nem percebeu que o seu perseguidor diminuíra a velocidade. Enxergou o posto policial tarde demais e passou por cima dos cones, quase atropelando um dos guardas, que correu, acompanhado de outro que rapidamente deixou o interior do posto, em direção a uma viatura estacionada num local estratégico.

Josué entrou em pânico ao ver que agora era seguido pela viatura. Continuou acelerando ao máximo e meteu a mão na buzina quando percebeu uma van à sua frente, em velocidade bem inferior à sua. O motorista, alheio ao que estava acontecendo, limitou-se a colocar a mão para fora da janela, com o dedo médio em riste.

Sem alternativa, Josué jogou o caminhão para a esquerda, para ultrapassar a van. Um ônibus vinha na direção contrária, fazendo Josué retornar bruscamente para a sua faixa, logo depois de fazer a ultrapassagem. Os pneus do caminhão rangeram, e os carros na caçamba pularam. O motorista do ônibus conseguiu evitar o choque jogando o veículo para o acostamento, e os passageiros gritaram.

O caminhão-cegonha aproximou-se de uma curva fechada e Josué teve que frear, notando que a viatura ainda estava em seu encalço. Quando voltou o olhar para a frente, percebeu que não conseguiria fazer a curva.

— Merda, merda, merda!

Perdeu o controle do caminhão, cuja traseira se desgarrou do asfalto, fazendo com que a cabine de Josué fosse arrastada em direção ao acostamento do outro lado da pista. O caminhão travou os pneus e arrastou-se por cerca de duzentos metros, só não tombando por um milagre. Josué abriu os olhos e quase desfaleceu sobre o banco. Olhou para baixo e viu que tinha mijado nas calças.

A viatura ultrapassou o caminhão, desviando perigosamente da boleia, e parou poucos metros adiante. O carro preto que antes seguia Josué passou vagarosamente pelo caminhão e pela viatura. Martinho, que guiava o carro, observou satisfeito dois policiais correndo até a porta do caminhão, com armas na mão, enquanto Josué saía.

— Ajoelha e põe as mãos na cabeça! — gritou um deles.

***

Amorim e Telma chegaram ao posto policial e procuraram o comandante, que lhes mostrou os carros transportados por Josué. Eles já haviam sido retirados do caminhão e estavam em um pátio cheio de vários outros veículos, a maioria envolvida em acidentes. O local parecia um ferro-velho.

— O cara passou aqui feito um louco. Já tínhamos recebido uma denúncia anônima, mas achávamos que era droga. Olha só o que encontramos.

O policial rodoviário abriu a porta de um dos carros. O forro interno da porta tinha sido removido, e Amorim e Telma puderam observar que estava completamente recheado com dinheiro empacotado em grandes sacos plásticos transparentes. Eram notas de 50 reais. Amorim olhou para a colega, satisfeito. Os dois se aproximaram do carro. O policial rodoviário complementou:

— Cerca de 4 milhões de reais.

Telma voltou-se para Amorim:

— Cédulas velhas, de 50 reais. Isso te soa familiar?

Amorim abaixou-se junto à porta do carro. Virou o rosto para o chefe do posto, curioso.

— Para onde o caminhão estava indo? Já sabem?

— O motorista disse que para São Paulo, mas não sabe o endereço. Iam ligar pra avisar.

— Claro — disse Amorim para si mesmo, coçando o queixo.

Josué estava algemado a um banco próximo ao plantão do posto policial. Telma e Amorim entraram no posto. Amorim sentou-se ao lado de Josué, que logo começou a falar.

— Eu não tenho nada a ver com isso!

— E por que tava fugindo, então?

— Os carros estão sem documentação. Me avisaram pra não parar de jeito nenhum.

— Sei. E esse dinheirão todo?

Josué ficou calado.

***

Amorim e Telma retornaram para a Superintendência. Ivan havia telefonado, dizendo ter localizado o agente sanitário que visitara a Gramin semanas antes. O delegado passou em sua sala, pegou um arquivo com documentos e fotos e foi para a sala de interrogatórios, onde o funcionário da Prefeitura já o esperava.

Chegando lá, cumprimentou o rapaz secamente e tirou a fotografia ampliada da carteira de identidade, que tinha apreendido na Junta Comercial.

— Este homem estava na casa?

— Ele mesmo, doutor! Cara de boa gente, sabe? Eu nunca ia imaginar que era bandido.

— As aparências enganam, meu caro... Miro, não é? — Amorim consultava seu inseparável caderno de anotações.

— Sim, senhor. Miro Campana. Quando mostraram a casa na televisão, na hora eu pensei: "Eu estive lá!"

— E foi este homem que te atendeu? — Amorim jogou a foto sobre a mesa, para facilitar a observação de Miro.

— Não, esse aí só veio depois. Quem abriu a porta foi outro. Aquele, sim, tinha cara de mau elemento.

— E você acha que consegue descrever esse outro pro pessoal do retrato falado? — perguntou o policial, esperançoso.

Miro pensou por alguns segundos.

— Uma cara de bravo que nem aquela é difícil esquecer, né, doutor?

Amorim sorriu, aliviado. *Já é um começo!*

Mais tarde, em sua sala, Amorim pregava o retrato falado em um quadro atrás de sua mesa, junto à foto de Antônio da Silva. Ivan bateu na porta da sala. O delegado virou-se.

— Entra, Ivan.

— A lista que o senhor pediu, chefe. Todos os funcionários da empresa de segurança.

— Bota aí na mesa que depois eu vejo.

Ivan colocou os papéis sobre a mesa e olhou para o quadro onde estavam as fotos.

— Conseguiu identificar mais um, é?

— Uma gota no oceano — suspirou Amorim. — Pelo porte do serviço, tinha muito mais gente.

Amorim pegou os documentos sobre a mesa e começou a folheá-los, enquanto Ivan aguardava.

— Tá incompleto, Ivan. Preciso de todo mundo que trabalhou no banco e na empresa nos últimos cinco anos — disse, devolvendo os papéis para o agente.

— Deixa comigo, chefe — disse Ivan, retirando-se da sala.

CAPÍTULO 20

— E AÍ, IVAN, CADÊ O CARA? — Amorim falava ao telefone.

— Pode descer que eu já tô chegando com ele.

Amorim entrou na sala de interrogatório. O homem que o aguardava estava andando nervosamente de um lado para o outro. Era Moacir, um dos ex-seguranças do Banco Central. Amorim mandou que ele se sentasse enquanto sacava seu caderninho.

— Você cuidava da segurança do Banco Central, né?

— Eu e vários outros — respondeu Moacir rispidamente. — Quer dizer, até eu pedir demissão. — *Puta que pariu. Como é que esses caras me acharam?*

— Tô sabendo. Você pediu as contas uma semana antes do assalto. Não é uma tremenda coincidência? — *Vou te pegar, meu velho!*

— Eu e minha mulher resolvemos voltar para Nova Brasília. Minha família é conhecida lá, e eu me candidatei a vereador. Algum problema nisso?

— E essa ideia surgiu do nada? Um dia você é segurança do Banco Central, no outro acorda e decide ser político. Não é muito estranho isso?

— Só sei que não é crime!

— É muito suspeito, Moacir. Como é que você vai bancar uma campanha eleitoral com a miséria que era o seu salário? — *Quem você tá querendo enganar?*

O homem enervou-se mais ainda.

— Tô sendo acusado de alguma coisa? Se sim, quero um advogado.

Amorim olhou fixamente para Moacir, tentando perscrutar-lhe os pensamentos. Aquela situação era muito comum em todos os seus anos de polícia. Aprendera a ler nas entrelinhas e conseguia, pela experiência, distinguir explicações verdadeiras daquelas que procuravam ocultar informações. Sabia, também, que naquela situação não adiantava insistir. Seria completamente inócuo.

— Pode ir... — disse, laconicamente.

Momentos depois da saída de Moacir, Telma entrou na sala. Amorim olhou para ela e falou, decidido:

— Foi ele. Foi ele o vigia que deu o serviço.

— Ele admitiu? — Telma se surpreendeu.

— Claro que não, mas meu faro não costuma falhar.

— Palpite não vale nada no tribunal, Amorim. Tem é que conseguir provas.

— Então trate de conseguir! — respondeu Amorim agressivamente enquanto se levantava e saía da sala, deixando Telma contrariada.

Ao final do dia, Amorim havia se convencido de que tinha sido muito duro com Telma. Mas, também, que mania ela tinha de querer saber de tudo! Não podia negar, porém, que era uma ótima investigadora e uma trabalhadora e tanto. Saiu de sua sala e passou na sala da colega.

— Não vai embora? — perguntou, amistosamente.

— Só estou terminando umas coisas aqui. Não gosto de deixar pontas soltas. — Telma não tirou os olhos da tela do computador.

— Minha intuição diz que sua técnica está atrapalhando sua vida pessoal.

Telma virou-se para responder, quando ambos escutaram uma batida na divisória de vidro da sala. Era uma mulher muito bonita, que logo chamou a atenção de Amorim. A mulher passou por ele, cumprimentando-o com um aceno de cabeça. O policial pôde sentir seu perfume.

— Telma?

— Re... Regina — gaguejou Telma. — O que você está fazendo aqui?

— Eu tava passando aqui perto. Vim ver se você não quer jantar.

— Já estou saindo, me espera lá embaixo, por favor. — Telma estava visivelmente embaraçada, enquanto Amorim, de boca aberta, olhava para as pernas da mulher, que usava um vestido muito elegante e brincos que pareciam de diamantes.

Contrariada, Regina deu meia-volta e se retirou, altivamente. Só então Amorim voltou sua atenção para a colega.

— Bonita. Sua irmã?

— Não é pro seu bico, Amorim! E outra coisa: você não tava indo embora? — estourou Telma, irritada.

Amorim nem ouviu o que Telma dissera. Saiu atrás de Regina, perguntando se ela precisava de alguma ajuda.

Caetano ouviu batidas na porta de sua casa. Levantou-se do sofá, calçou os chinelos de dedo e coçou os olhos sonolentos. Não conseguia dormir desde que voltara para casa. *Tenho que comprar um daqueles remédios do Tatu senão vou enlouquecer!* Abriu a porta e se assustou. Vagner apontava-lhe um revólver para o rosto. Robson, a seu lado, mostrava o distintivo da Polícia Civil. Abriu um sorriso e perguntou:

— Convida a gente pra entrar, bonitão?

Caetano sentiu as pernas falharem e fez cara de desespero, dando um passo para trás. Sua voz saiu de uma vez:

— Eu não participei de assalto nenhum, eu juro!

Robson empurrou a porta e entrou. Encarou Caetano friamente.

— Não adianta esconder, não, meu irmão. Um camarada já deu o serviço todo. Agora é só falar onde está a grana.

Caetano juntou as mãos em posição de oração e choramingou:

— Pelo amor de Deus, não me mata.

Robson fez cara de impaciência. Não queria demorar muito ali.

— O cabra tá precisando de um amaciante. Você cuida disso, Vagner?

Na mesma hora, Vagner deu um passo adiante e desferiu um soco no estômago de Caetano, que se curvou e caiu de joelhos, arfando. Mal escutou a voz de Robson, que lhe perguntou:

— Vou perguntar só mais uma vez. Cadê a porra do dinheiro?!

Caetano, sem fôlego, apontou para uma cristaleira, em um dos cantos da sala, sobre um aparador barato. Robson foi até o móvel, abriu uma das portas e tirou alguns maços de dinheiro. Segurou-os e olhou para Caetano, desconfiado.

— Só essa merreca?!

— É a minha parte. Não tem mais nada, eu juro — grunhiu, sem ar. Robson pareceu convencido. Chegou perto de Caetano e deu um tapinha em suas costas, dizendo em tom amigável:

— Viu como é bem melhor cooperar com a polícia? Vamos nessa, Vagner. Deixa esse otário aí.

Caetano esperou os dois homens saírem e correu até a porta, trancando-a. Foi até a cristaleira, abriu a outra porta e levantou a tampa de um fundo falso. Ali estava a maior parte do dinheiro. Apressado, começou a tirar as notas do esconderijo e a colocá-las em uma bolsa. Tinha sentido o perigo de continuar com todo aquele dinheiro vivo em casa. Poderia perdê-lo a qualquer hora para aqueles policiais filhos da puta. Aí teve uma ideia genial.

Saiu de casa decidido. Preferiu ir a pé, pois seu destino ficava a apenas poucas quadras dali. Foi caminhando e logo ficou todo suado. O sol estava bem quente naquele dia. Parou em frente a uma imobiliária, olhou em volta, ressabiado, e entrou, dirigindo-se à mesa de uma bela atendente que, por força do hábito, o mediu de cima a baixo, perguntando-se o que aquela figura malvestida estaria fazendo ali. O sujeito estava de chinelos, vestia um short vermelho de um time de futebol desconhecido e uma camiseta regata bastante gasta. Carregava uma bolsa velha, desbotada pelo tempo. Seus cabelos desgrenhados emolduravam o rosto de feições assustadas. Dali não iria sair boa coisa.

CAPÍTULO 21

AMORIM ESTAVA EM SUA SALA, debruçado sobre diversos papéis. Telma entrou, chamando sua atenção. Segurava um saco plástico com um pequeno objeto em seu interior identificado com o número do inquérito do assalto.

— O que é isso? — perguntou Amorim, franzindo as sobrancelhas.

— Um cartão telefônico. A perícia encontrou no túnel. As digitais batem com as que foram encontradas na casa.

— Tem como rastrear?

— Já estamos trabalhando nisso.

Amorim respirou fundo, satisfeito, e se levantou, pegando seu paletó no encosto da cadeira.

— Aonde você vai? — perguntou Telma.

— Mandei alertar as imobiliárias, as concessionárias, o diabo a quatro, caso alguém comece a gastar dinheiro demais.

— É um tiro no escuro. É completamente improvável que os caras comprem alguma coisa no nome deles. Seria muita burrice!

Amorim fez cara de condescendência:

— Acabaram de ligar. Alguém comprou uma casa de 1 milhão. Pagou em dinheiro vivo. Notas de 50. O que você acha?

Telma levantou as sobrancelhas e comprimiu os lábios, dando razão ao colega. Mas uma informação não lhe pareceu correta.

— E a imobiliária aceitou?

— A mulher disse que ficou com medo. Vai que o cara é bandido!

— Muito conveniente — arrematou Telma.

Cerca de trinta minutos depois, Caetano já estava em casa de novo. Fora mais fácil do que imaginara. Também, com tanto dinheiro vivo, quem é que ia reclamar?

Aquela vagabunda achou que eu era um pé-rapado. Se deu mal! Ou melhor, se deu bem... quanto será que ela ganha de comissão? Deve ser uma grana boa, porque a cara que ela fez...

— Pois não, senhor, em que posso ajudá-lo?

— Estou procurando uma casa.

— Uma casa? Para trabalhar? O que o senhor faz, é jardineiro?

— Não, minha filha, tô querendo comprar uma casa!

— Mas, senhor, a nossa imobiliária é especializada em casas de alto padrão. Não acredito que o senhor tenha interesse em nenhuma delas. — *Não tem cacife nem pra entrar aqui!*

Caetano abriu a bolsa e mostrou os maços de dinheiro. A mulher ficou atônita.

— Você acha que eu tenho interesse agora? — *Sua vagabunda!*

— Ma... mas claro, senhor. Não quer se sentar?

Caetano foi até a cozinha e se serviu de um copo de água, direto da pia. Agora estava tudo bem. O certo mesmo era ter investido em coisa sólida, senão a grana ia embora rapidinho.

Estava devaneando quando ouviu mais batidas na porta. Abriu e deu de cara com Amorim, que segurava o distintivo da PF. Ivan estava a seu lado.

— Seu Caetano? — perguntou Amorim, já entrando na casa.

Caetano deu dois passos pra trás e inesperadamente caiu na gargalhada.

— Se foderam! Investi tudo. Agora não tem mais como provar que participei do assalto.

Amorim e Caetano se entreolharam, sem entender a situação inusitada.

— Ivan, algema logo esse cara.

Telma olhava para a tela do computador em sua mesa. Um sorriso de satisfação iluminava seu rosto. Amorim entrou em sua sala com diversos papéis na mão. Antes que ele pudesse falar, Telma apontou para a tela do computador.

— Conseguimos rastrear o cartão. Era novo. Usaram uma vez só, e a ligação foi para uma casa alugada em nome de Fernando Veronese.

— Nunca ouvi falar — disse Amorim.

— Tem certeza? — Telma apertou uma tecla e girou a tela para que Amorim pudesse ver a ficha policial. Ali estava a foto de um homem conhecido para os dois.

— Antônio da Silva! Filho da puta!

— Pronto! — disse Telma, com um ar de triunfo. — Você já pode prender o cara. É só ligar pro juiz e pedir o mandado.

— Ainda não! — disse Amorim, coçando o queixo, com uma expressão pensativa, enquanto olhava fixamente para a foto de Mineiro. — Antes eu quero que você peça uma escuta na casa e monitore as ligações. Pra que fisgar só um peixe quando a gente pode pescar o cardume inteiro?

Mineiro estava tranquilo em casa. Tinha acabado de tomar banho e escolheu sua melhor roupa casual. Serviu-se de uísque com gelo e sorveu um grande gole. Suspirou, satisfeito, e esparramou-se no sofá. Momentos depois, ouviu batidas na porta. Levantou-se, arrumou os cabelos e ajeitou a camisa. Abriu a porta e sorriu de forma maliciosa. Era Carla.

— Sabe há quanto tempo eu esperei por esse telefonema? — disse Mineiro, olhando nos olhos da mulher, que não perdeu a pose.

— Quem disse que eu ia te ligar?

— Eu conheço você — disse Mineiro, aproximando-se para beijá-la, que se esquivou e entrou na casa.

— Você *pensa* que me conhece.

— Você tá aqui, não tá? — Mineiro se reaproximou de Carla, que sorriu. — E aquele papo de que gosta de homem que manda? — Mineiro sussurrava, com o rosto próximo ao de Carla.

— Mudei. — Carla enlaçou o pescoço de Mineiro com as mãos. — Agora gosto de homem que obedece.

Mineiro agarrou Carla sofregamente pela cintura. Os dois começaram a se beijar.

Naquela mesma hora, Barão corria no calçadão da praia de Iracema. Vestia um conjunto de bermuda e camiseta e calçava um tênis de corrida. Tocavam em seus ouvidos os últimos acordes de *La Finta Giardiniera*. Os pensamentos de Barão iam longe quando, de repente, um carro subiu a calçada à sua frente. Robson tentou abrir a porta para abordar Barão, que se adiantou e deu um chute na altura do vidro. A porta voltou com tudo e atingiu o rosto do policial, que gemeu de dor, levando as mãos ao nariz.

Vagner saiu pela outra porta, enquanto Barão deixava a rua da praia e corria, a toda velocidade, em direção às casas do outro lado. Vagner começou a atirar, mas os tiros não acertaram em Barão, que sentiu as balas zunirem perto de sua cabeça. Robson se refez a tempo de acompanhar Vagner, que partia no encalço de Barão. A perseguição já se seguia por três quadras quando Barão dobrou a esquina, pegando uma rua que se bifurcava mais à frente. A noite já ia caindo, o que dificultava a perseguição.

Vagner e Robson viraram a esquina e pararam, sem entender. Barão, que seguia uns cem metros adiante deles, tinha sumido. Por mais que ele estivesse em condições físicas melhores do que a dupla, era estranho que sumisse daquele jeito. Robson ainda correu em direção ao local onde a rua se dividia, olhou para os dois lados e voltou, dando de ombros.

— Veado do caralho. Vamos, Vagner, depois a gente pega o filho da puta.

Barão esperou mais vinte minutos depois que os homens desapareceram para descer de uma das árvores que margeavam a rua. Seus olhos estavam injetados de medo e raiva. Pegou o telefone e ligou para Carla. Ninguém atendeu.

— Cadê a porra dessa mulher? — disse para si mesmo, desligando o celular.

Carla nem ouviu o celular tocando. Mineiro estava sobre ela, movimentando vigorosamente o quadril em direção ao dela. Carla fez menção de mudar de posição. Mineiro facilitou o movimento e ela sentou-se sobre ele, rebolando. Apoiou as mãos sobre o peito do homem, com a cabeça vergada para trás. Em seguida, aproximou-se dele e segurou-lhe as mãos sobre a cabeça, dominando a transa. Sorriu, vitoriosa. Seu rosto, porém, contorceu-se subitamente.

— Vou gozar!

— Eu também. Não para! — pediu Mineiro.

Segundos depois, os dois gemiam de prazer. Os movimentos foram ficando mais lentos, até cessarem. O único som que emitiam era a respiração acelerada. Carla saiu de cima de Mineiro e deitou-se a seu lado, satisfeita. Ele permaneceu de olhos fechados, sem forças.

Ela pegou sua calça no chão e remexeu nos bolsos. Tirou um maço de cigarros e um isqueiro. Acendeu-o e deu uma grande baforada.

— Sabia que isso mata?

— Não é muito mais excitante assim? — provocou ela.

Mineiro olhou para ela, sem entender bem o que ela queria dizer. Logo teve a resposta:

— Tô pensando em largar o Barão.

Mineiro demorou um segundo para digerir aquelas palavras. *Só se eu for louco pra aceitar um troço desses. O Barão me mata! Mas, por outro lado...*

— Você sabe que a gente ia ter que sumir, né? — disse finalmente.

— Sei, mas e daí? Agora a gente tá montado na grana. O céu é o limite.

— Cuidado — advertiu Mineiro. — Do céu pro inferno o caminho é curto.

Telma virou-se para Mineiro, a expressão séria.

— Não com você comigo — afirmou, categórica, enquanto lhe dava um beijo. Em seguida, levantou-se e começou a se vestir.

CAPÍTULO 22

A VIDA DE DEVANILDO TINHA VIRADO de cabeça para baixo. Ele não conseguia parar de pensar nas penas eternas às quais estaria sujeito por ter participado do assalto. Passara os últimos dias olhando para a pilha de dinheiro sobre a mesa de sua cozinha, pensando o que deveria fazer. Tinha, também, reforçado sua cota diária de orações, para tentar de alguma forma compensar o pecado que cometera. Levantou-se da mesa e mais uma vez pegou a sua inseparável Bíblia.

— Ai, Senhor, me dá uma luz! — Ao dizer isso, abriu a Bíblia e deu de cara com a Primeira Epístola a Timóteo, capítulo 6, versículo 10: "Porque o amor ao dinheiro é a raiz de toda a espécie de males." Devanildo arregalou os olhos e foi correndo para a igreja.

Teve que esperar mais de uma hora para o culto começar. Estava bastante compenetrado nesse dia, permanecendo de olhos fechados durante a maior parte do ritual. Talvez por isso não tenha percebido que era observado por Martinho, sentado a duas fileiras dele.

Terminado o culto, Devanildo atrasou-se, de propósito, para conversar com o pastor, que o convidou para irem a uma sala nos fundos da igreja. O pastor era um homem negro de voz suave e olhar arrebatador. Não parecia muito interessado no problema de Devanildo.

— Em que posso ajudar, meu filho? — perguntou, enquanto arrumava alguns livros na mesa.

— Eu tô precisando de um conselho, pastor. É... eu ouvi o senhor falar na pregação e... é que eu ganhei um dinheiro aí, pastor, e esse dinheiro é... eu não fiz nada de desonesto, eu juro. Mas é que os outros, o senhor entende? Eles não seguem a palavra do Senhor, e daí eu... e daí eu fiquei com as mãos atadas.

O pastor parou o que estava fazendo e voltou toda a sua atenção para Devanildo. Seus olhos faiscavam, interessados, enquanto tentava adivinhar o que Devanildo diria. Recordou-se das palavras do bispo de sua igreja, em uma reunião que tivera havia poucas semanas.

O bispo reclamara da arrecadação de sua unidade, como chamava cada uma das "filiais" da igreja. Ele até tentara explicar que lidava com pessoas pobres, mas ouviu que "é das ovelhas mais desfavorecidas que sai a lã de maior qualidade". A doação deveria ser incentivada para que o trabalho de Deus tivesse sucesso. Como é que ele esperava que a igreja pudesse abrir mais unidades se não possuísse fundos para financiar novas construções?

Após a reunião, o pastor decidiu que investiria mais tempo para falar do dízimo. Precisava reforçar que a teologia da prosperidade se baseava no fato de que, em primeiro lugar, o fiel deveria dar, para depois receber. Só assim se conseguiria a prosperidade tão almejada. Mas, apesar de seus esforços, o retorno havia sido menor do que o esperado. Uma notícia daquelas, trazida por um obscuro frequentador de sua igreja, poderia oferecer-lhe o que precisava para dar uma resposta à altura ao bispo. Não poderia perder a oportunidade.

— Mas é muito dinheiro, Devanildo?

Devanildo confirmou com a cabeça.

— Se o dinheiro veio do pecado, então é coisa do Diabo. — O pastor esfregava as mãos. — O melhor a fazer, Devanildo, é doar o dinheiro à igreja, para que o Senhor o santifique com suas obras.

— Mas... tudo? — perguntou Devanildo, tristemente.

— Até o último centavo — declarou o pastor categoricamente. *Tudo, tudo, tudinho! Ah, Senhor, de quanto será que estamos falando?*

— Não posso ficar nem com um pouquinho? — Devanildo fazia sua última tentativa. O pastor estava irredutível.

— Um pouquinho de pecado ainda é pecado.

Devanildo coçou a cabeça, desalentado. Pediu licença ao pastor, que permaneceu olhando para ele, entre a cobiça e a repreensão.

— E não demore, Devanildo. Quanto mais cedo você se livrar desse dinheiro, melhor para sua alma — ainda conseguiu dizer, enquanto Devanildo saía.

Devanildo foi direto para casa. Sua cabeça estava um turbilhão. Se por um lado tinha muito medo de arder no fogo do inferno, por outro não queria se desfazer do dinheiro. Trancou a porta de casa e sentou-se na cadeira em frente à pilha de cédulas que estava sobre a mesa da cozinha. Suspirou resignado e levantou-se. Começou a andar pela cozinha, sem tirar os olhos do dinheiro, com cara de sofrimento. Então tomou uma decisão. Não podia deixar que o pecado da cobiça o condenasse. Afinal, era só dinheiro. Pegou uma sacola, decidido, mas no momento em que foi colocar o dinheiro dentro da sacola, parou, sem saber o que fazer.

O Senhor não vai se incomodar se eu tirar um pouquinho pra mim, vai? Um tantinho de nada... nem vai fazer falta!

Devanildo ficou em silêncio por um momento e, como se tivesse ouvido a resposta de Deus, separou um maço da pilha, pondo-o de lado. Olhou para a pilha de Deus, coçou o queixo, tirou mais alguns maços e juntou-os ao primeiro.

Segundos depois, e após várias redivisões, a pilha de Deus tinha diminuído consideravelmente, e já representava apenas uma pequena fração do total. Devanildo mediu os dois montes de dinheiro, satisfeito, e passou a encher a sacola com os maços que levaria para a igreja.

O Senhor há de convir que eu preciso de muito mais, né?

Devanildo retornou à igreja e encontrou o pastor aflito, esfregando as mãos. Foi convidado rapidamente para a sala onde haviam conversado horas antes. Abriu a sacola e derramou o dinheiro sobre a mesa do escritório. O pastor olhou para Devanildo e para o dinheiro, decepcionado.

— Mas... só isto, Devanildo?

— Só, ué — respondeu Devanildo, com as mãos no bolso, sem encarar o pastor.

— Devanildo, Devanildo — alertou o pastor, com a voz grave. — Você não está tentando enganar Deus, está? — *Ah, seu miserável, eu tenho certeza de que você está escondendo mais dinheiro.*

O rapaz perturbou-se.

— Nã... não, pastor. Tô entregando tudo o que tenho. Deus é testemunha! — *Ai, meu Deus, agora é que eu tô perdido mesmo!*

— Acho bom! — A voz do pastor era ameaçadora. — Porque Deus conhece o mal que se esconde no coração dos homens...

CAPÍTULO 23

Carla chegou em casa, assustada. Abriu a porta e deu de cara com Barão, que acabava de arrumar uma mala. Ela o olhou, inquisitiva.

— Pra que isso?

Barão interrompeu o que estava fazendo. Colocou as duas mãos na cintura, em posição desafiadora.

— Onde você se enfiou?

— No shopping — mentiu, torcendo para que Barão acreditasse.

— E não comprou nada?

— Com que dinheiro? Fui ver vitrine e sonhar. Não é motivo pra...

— Pega tua mala — ele a interrompeu, indicando uma das malas, no chão da sala.

— Você tá me expulsando?!

— Tá doida, mulher? A gente tá indo embora.

— Mas o que aconteceu?

— Quase me pegaram hoje. E tem gente que não teve a mesma sorte.

Carla se apavorou. Demorou a voltar a si e a pegar a mala, acompanhando Barão, que já saía de casa.

***

Décio pegou a arma e foi em direção à porta. Ninguém nunca o visitava, por isso estranhou as batidas. Colou o ouvido na madeira, tentando ouvir o que se passava do lado de fora. Foi violentamente derrubado quando Robson meteu o pé na porta. Caiu, assustado. Sua arma foi jogada longe.

Vagner se adiantou e deu um chute na cara de Décio, que gemeu de dor. Robson fez um sinal ao comparsa para que parasse com as agressões.

— Não desmaia, não, filho da puta. Tu tem que estar bem acordado pra contar o que a gente quer saber!

Décio, ainda tonto, se arrastou pelo chão.

— Quem são vocês?

— Eu sou o Cosme e esse aqui é o Damião. Pode começar a rezar — disse Robson.

Vagner se aproximou novamente para agredir Décio, que, com um golpe rápido, conseguiu atingi-lo na perna. Vagner vacilou, e Décio se levantou de um pulo, empurrando-o contra Robson. Os dois caíram desajeitados, dando oportunidade para que Décio saísse correndo em direção à cozinha da casa, por onde poderia escapar. Entrou atabalhoadamente na cozinha e deu de cara com Léo.

— Se manda, Léo, os caras tão aí e...

Sem esperar Décio concluir a frase, Léo desferiu um soco nele, que caiu, desmaiado. Léo fez cara de dor, massageando o punho direito, sentindo a força do golpe.

Robson e Vagner chegaram à cozinha, ofegantes. Ficaram aliviados ao ver que Léo conseguira imobilizar o homem. Rapidamente amarraram-no a uma cadeira, mas Décio continuava desfalecido.

— Tu matou o cara, Léo — disse Vagner, preocupado.

Léo não deu a mínima:

— Grande merda...

Décio começou a acordar, gemendo. Seu rosto estava bastante machucado. Os lábios estavam inchados, e vários hematomas roxos lhe desfiguravam o rosto.

— Tá aí, Vagner. Pode parar de chorar. O homem tá vivo... por enquanto — disse Léo.

Décio voltou a si e olhou irado para Léo.

— Traíra filho da puta!

Léo aproximou-se de Décio, mas foi impedido por Robson.

— Chega de namorico! Fala, cadê a grana!

— Vão se foder! — sibilou Décio.

Léo colou o rosto no de Décio, com um sorriso sádico.

— Eu tava torcendo pra você bancar o difícil, filho da puta!

Décio encarou Léo e, antes que ele conseguisse se desviar, disparou-lhe uma cusparada na cara. Léo recuou, enojado. Limpou o rosto com a manga da camisa e começou a espancar Décio com a ajuda de Vagner.

Décio desmaiou mais algumas vezes, e sempre era acordado com um balde d'água na cara. De tempos em tempos, Vagner interrompia o trabalho dos dois, voltando a perguntar pelo dinheiro. Mas Décio estava firme no propósito de não revelar onde escondera sua parte do assalto. Até que Robson desistiu, desanimado.

— Não adianta. Esse aí não vai falar nada.

— Paciência — disse Léo, ofegante do esforço de bater em Décio. — Não dá pra ganhar todas.

— E o que a gente faz com ele? — perguntou Vagner, enxugando o suor da testa.

— Deixa comigo — disse Léo. — Esse babaca vai aprender a nunca mais puxar uma arma pra mim.

Dizendo isso, Léo sacou a pistola da cintura. Décio estava com os olhos abertos, mas seu rosto era uma massa ensanguentada e disforme. Léo meteu a arma na boca de Décio, quebrando-lhe os dentes que restavam. Décio arregalou os olhos, em pânico.

Léo puxou o gatilho, estourando a cabeça de Décio, cujo corpo caiu, amarrado à cadeira.

Ninguém ouviu o estampido da arma de Léo. A rua onde Décio morava não era muito movimentada. O único movimento digno de nota era a pelada diária que os meninos das redondezas jogavam, já que ali não passavam muitos carros.

Eram essas crianças que, no dia seguinte, no horário de sempre, jogava bola. Como todo grupo, aquele também tinha um craque: Romarinho. Não que esse fosse seu nome, mas tinha gente que via semelhança entre o seu jeito de jogar e o do campeão do mundo.

Naquele dia, Romarinho estava inspirado. Em uma das jogadas, driblou três moleques do time adversário e preparou o chute. Colocou força demais na perna esquerda e a bola passou por cima do muro da casa de Décio, caindo no quintal malcuidado da casa. Os meninos reclamaram, chamando Romarinho de perna de pau. Três deles entraram no terreno, aproveitando a folga da corrente que ligava as duas portas de ferro.

Um dos moleques, o mais alto, correu na frente dos outros dois para pegar a bola. Pisou, entretanto, em uma tampa de madeira disfarçada no jardim. Seu pé furou a tábua velha e a perna entrou no buraco que havia sob ela. O garoto começou a gemer de dor, e os outros pararam para socorrê-lo. Retiraram o amigo com cuidado, revelando o buraco que quase o machucara seriamente. A dor passou na hora. O menino não acreditava no que via, ao puxar completamente a perna.

— Um tesouro! Achei um tesouro! — gritava, animado.

Os outros dois se empurraram, querendo ver o que tinha ali.

— Caraca, moleque! Tu achou um tesouro mesmo! — espantou-se o outro.

— Fui eu que achei! Pode sair que é meu!

— Seu nada, é nosso. Todo mundo achou!

E começou uma calorosa discussão entre os três garotos, que logo se estendeu para os demais, que começaram a pular o muro para ver o que estava acontecendo. Foram necessários apenas alguns poucos minutos para que a gritaria dos meninos chamasse a atenção da vizinhança.

CAPÍTULO 24

Devanildo já tinha superado seu dilema moral e passeava lepidamente por Fortaleza, ostentando roupas simples mas novas. Dobrou a esquina e deparou-se com dois policiais que gritavam com um homem encostado numa parede. Continuou seu caminho, para não chamar a atenção, e, ao passar pelos policiais, seu celular vibrou no bolso de trás da calça. Instintivamente levou a mão ao bolso. Quando retirou o aparelho, um pequeno maço de notas de 50 reais caiu na calçada, quase aos pés de um dos guardas. Devanildo não percebeu a queda do dinheiro e continuou caminhando.

— Ei, ei, ei — o guarda procurava chamar a atenção de Devanildo enquanto se abaixava para pegar o dinheiro. Devanildo se virou. — Esse dinheiro é seu? — O policial estendia o maço para Devanildo, que arregalou os olhos, se virou e saiu correndo, desesperado. — Ei, filho da puta! Tá devendo, é? Tá correndo por quê? Para!

A fuga durou cerca de vinte passos, já que ele não era exatamente um desportista. O policial deu-lhe uma rasteira por trás, fazendo com que Devanildo caísse na calçada. Virou-se e viu uma arma apontada para o rosto. Não pôde evitar a lembrança do pastor, alertando-o quanto ao castigo de Deus.

***

Não demorou mais de meia hora para que Devanildo fosse levado para a Superintendência da PF. O assalto ao Banco Central era notório o suficiente para que o policial identificasse os elementos que poderiam ligar Devanildo ao crime. Amorim foi rapidamente avisado e pediu que Ivan fizesse os levantamentos de praxe: colher as digitais, fotografar e tentar identificar o preso. Em seguida, e após algumas pesquisas iniciais, se dirigiu à sala de interrogatórios. Encontrou o rapaz assustado. Ele balbuciava bem baixinho uma arenga incompreensível para Amorim, que chegou mais perto para tentar decifrá-la.

— Pai Nosso que estais no céu, santificado seja o Vosso Nome...

Amorim suspirou e sentou-se de frente para Devanildo, do outro lado da mesa.

— Depois você fala com Deus, Devanildo. Agora seu papo é comigo.

Devanildo continuava a rezar, ignorando o alerta do policial.

— A coisa tá preta pro seu lado, camarada. Suas digitais estavam na casa de onde partiu o túnel.

— Não nos deixeis cair em tentação... — Devanildo estava absorto na oração.

— Eu diria que você já caiu em tentação faz tempo. A grande questão agora é: vai confessar ou não?

Devanildo abriu os olhos de súbito e encarou Amorim, que se ajeitou na cadeira, animado com a reação do rapaz. Mas Devanildo fechou os olhos mais uma vez e juntou outra vez as mãos para rezar. Continuou balbuciando:

— O Barão vai me matar... Olhai por mim, meu Pai... Tende piedade daquele que sempre foi um servo fiel da Tua palavra.

Amorim estava injuriado com o comportamento de Devanildo, mas a menção ao Barão não lhe passou despercebida. Amorim anotou o nome em seu caderninho. Sem esperança, tentava pescar algo mais nas palavras desconexas de Devanildo. Foi interrompido pelo toque do celular.

— Alô! — atendeu, irritado. Ouviu a voz de Ivan, no outro lado, e achou que não tivesse entendido. — Como assim "tesouro"?

Minutos depois, Amorim e Telma, com mais quatro policiais, chegavam à rua da casa de Décio, tomada por pessoas que tentavam pegar uma parte do dinheiro encontrado pelos meninos. A multidão se acotovelava para chegar o mais próximo possível do buraco. Martinho observava a movimentação.

Amorim entrou, à frente dos policiais, que tentavam pegar o dinheiro de volta. Amorim gritava para todos saírem dali, mas ninguém conseguia ouvir, tamanha era a gritaria. Então, sacou a pistola e deu um tiro para cima. Todos pararam, assustados, e se viraram para ele.

— Bem — anunciou Amorim —, agora que tenho a atenção de todos, queiram se retirar, senão levo todo mundo preso!

As pessoas começaram a obedecer ao comando, chateadas por não poderem levar sua parte do tesouro. O restante do dinheiro foi rapidamente separado e colocado na pequena varanda da casa de Décio, onde era contado por dois policiais. Telma acompanhava o trabalho. Amorim se aproximou.

— Quatrocentos mil reais, Amorim. Sem contar o que a multidão levou.

Amorim concordou, resignado. Ivan veio de dentro da casa.

— Acho que o senhor vai querer ver isso aqui, chefia.

Amorim olhou para Telma e seguiu em direção a Ivan. A policial o acompanhou. Entraram e viram o corpo de Décio no chão da sala, amarrado à cadeira. Um dos peritos já separava o material para tirar as impressões digitais do corpo. Outro o fotografava, para posterior análise.

Telma se abaixou e retirou a carteira de documentos do bolso da calça, enquanto Amorim atendia ao celular. Pedira para a Superintendência levantar o nome do proprietário da casa. Segundos depois, desligou, satisfeito.

— A casa está registrada em nome de um tal de Décio Tavares.

Telma olhou para Amorim, com a identidade do morto em uma das mãos. Levantou-se.

— Chico Amorim, Décio Tavares — disse, apontando para o cadáver.

Amorim parou, pensativo. Já previra que isso poderia acontecer, pois havia muito dinheiro em jogo. Aquela quantidade de dinheiro com certeza atrairia brigas internas. Sua mente retrocedeu alguns anos, e se lembrou, sem motivo, de uma matéria a que assistira no noticiário da televisão. Era a respeito de um grande assalto a banco, talvez o maior da história, em Londres.

Em 1987, dois homens entraram em um banco chamado Knightsbridge Security Deposit e roubaram cerca de 400 milhões de reais. Para evitar suspeita, colocaram uma placa em frente ao banco, informando que naquele dia ele estaria fechado. O líder da quadrilha, um italiano chamado Valerio Viccei, disse que assaltara o banco para manter o padrão de vida de playboy internacional.

Antes de ser preso, Valerio mudara-se para algum lugar na América Latina, mas voltou à Inglaterra para buscar sua Ferrari. A polícia inglesa o prendeu, e depois de algum tempo preso ali foi transferido para a Itália, para cumprir o restante da pena. Morreu anos depois, em uma briga.

Os tempos são outros, o lugar é outro, mas esses caras sempre se dão mal.

Esse pensamento ficou na cabeça de Amorim por todo o trajeto de volta ao escritório. No fundo, porém, não podia deixar de concordar com Telma sobre a genialidade dos grandes ladrões. E o que tornava a investigação mais interessante era o desafio de juntar todas as peças do quebra-cabeça. Uma das principais era o depoimento de um dos ladrões. Telefonou para a carceragem da Superintendência e pediu que levassem um dos presos à sala de interrogatório. Não tinha tempo a perder.

Caetano olhava para a foto de Décio, na mesa à sua frente.

— Ele tava lá sim, doutor — disse a Amorim, que o encarava.

Amorim mostrou-lhe outra fotografia.

— Não, nunca vi mais gordo.

Outra foto foi colocada em sua frente.

— E este? Foi achado dentro de um poço abandonado.

— É o Saulo. Pobre coitado, não merecia ter acabado desse jeito.

— E o que mais você pode me dizer sobre o crime? — perguntou Amorim, calmamente.

— Já falei tudo o que sei, doutor. O Barão me contratou pra cavar um buraco... tipo operário, mesmo.

— Barão... esse nome de novo — disse Amorim a si mesmo. — Me fala mais sobre esse cara.

Caetano se calou e baixou a cabeça, assustado. *Deus me livre!*

CAPÍTULO 25

Barão jogava xadrez, sozinho, no salão de um bar sofisticado. A poucos metros, Martinho o observava, pensativo. Tomou o último gole de seu uísque e se levantou. Ajeitou a camisa sobre o cinto para esconder a arma que levava à cintura. Dirigiu-se até a mesa de Barão, interceptando-lhe a mão, que mexia uma das peças. Martinho derrubou o rei preto do tabuleiro.

— Fim de jogo, Barão.

Barão olhou sério para ele e levantou a peça que Martinho havia derrubado.

— O jogo é meu. Só eu sei quando e como ele acaba.

Os dois se encararam. Martinho levantou a jaqueta com a mão e colocou a outra em seu interior. Sacou um maço de cigarros, oferecendo ao amigo.

— Senta aí, Martinho. Me diz aí, como é que tá a vigilância?

Detetive particular, Martinho havia sido contratado por Barão para vigiar os passos dos integrantes da quadrilha. Barão queria, com isso, se certificar de que não estaria sendo traído por nenhum deles. Queria também tentar descobrir informações a respeito das investigações. Tinha anos de experiência no ramo e conexões no mundo do crime e na polícia civil. O problema é que a PF havia entrado no caso, e ele tinha dificuldade em apurar alguma coisa.

Por sorte conhecia um dos vigilantes da Polícia Federal. Ele trabalhava na guarita de entrada do estacionamento da Superintendência, o que lhe dava acesso a pessoas que poderiam lhe informar sobre comentários internos das investigações, desde que pago para isso, é claro.

Martinho se sentou. Aproximou-se de Barão e disse, em tom de confidência:

— Os caras parecem baratas tontas. Um ou outro te obedeceu e ficou na moita. Mas você tava certo, tem uma galera agindo aí. Tem toda a pinta de ser polícia. Mas ninguém ligado à investigação.

— Menos mal — disse Barão.

— Apagaram o Décio e extorquiram o Caetano.

— É o que eu sempre falo: bandido é tudo burro mesmo — lamentou Barão.

— E contigo, tudo certo? — perguntou Martinho.

— Tudo. Eu e Carla vazamos. A gente tá num hotel de segunda até a poeira baixar.

— Agora se liga — alertou Martinho. — O Caetano foi preso pela Federal, e parece que o Devanildo também.

— Desse aí nunca esperei nada mesmo. E é problema da Carla, não meu.

— Mas se continuarem assim, logo vão chegar em você.

— Relaxa, Martinho, já tô armando uma saída.

— Você é cheio das manhas, né? Ainda tô bobo com o lance do caminhão-cegonha. Tão até agora procurando pista lá em São Paulo.

— É por isso que ninguém me pega — vangloriou-se Barão, enquanto mexia uma peça do tabuleiro.

Telma chamou Amorim em sua sala. A policial ofereceu-lhe uma cadeira a seu lado. Virou a tela e clicou no mouse. Era um vídeo de resolução duvidosa. Amorim aproximou-se da tela assim que percebeu do que se tratava.

— Como você conseguiu esse vídeo?

— Um dos agentes viu o cara nesse bar e gravou com o celular.

Amorim tornou a olhar para o vídeo.

— O papo que rola é que esse aí é o tal do Barão — disse Telma.

— Bota já alguém pra vigiar o boteco.

— Já tenho gente lá — sorriu Telma.

Amorim assentiu, confiante. *Não é que ela acertou dessa vez?*

Em um dos bares da beira-mar, Telma e Amorim ocupavam uma das mesas. Em outras, diversos policiais federais disfarçados passavam-se por clientes. Tomavam cerveja e beliscavam petiscos. Telma falava ao telefone, tentando manter a conversa reservada.

— Não, meu amor, é claro que o trabalho não é mais importante que você. Mas é um caso grande... Depois a gente vai ter todo o tempo do mundo... Bem, se você prefere assim, que seja! — Telma desligou o telefone, irritada. Amorim tentou consolá-la.

— Já passei por isso.

— Mulher é foda, viu? — Telma disse sem pensar. Amorim demorou a entender, mas assustou-se com a revelação. Antes que pudesse pensar melhor a respeito, porém, percebeu que o homem que procuravam estava entrando no bar. Passou pela mesa, sem perceber nada, e acomodou-se no balcão. Amorim aproveitou a oportunidade e aproximou-se dele, que estava de costas.

— Tem troco pra cinquenta, amigo?

O homem se virou e surpreendeu-se com Amorim, que segurava o distintivo da Polícia Federal.

— Polícia Federal. A casa caiu.

***

Mineiro estava deitado preguiçosamente em sua cama. Tinha acabado de transar e ligou a televisão. Começou a zapear e parou num telejornal da cidade. Uma jornalista anunciava:

— *Preso o líder do assalto ao Banco Central, conhecido pela alcunha de Barão...*

Mineiro tomou um choque com a notícia. A matéria mostrava diversos policiais conduzindo um homem com a cabeça coberta. A imagem era tumultuada.

— Corre aqui, rápido — chamou Mineiro.

A repórter continuava:

— *Apenas 8 milhões foram recuperados até agora, mas a Polícia Federal garante o prosseguimento das investigações.*

Carla veio do banheiro, enrolada numa toalha.

— Prenderam o Barão — anunciou Mineiro.

— Ai, meu Deus, e agora? — Lívida, Carla sentou-se na cama.

— Agora sujou pra você. Desliga teu celular e não volta mais pro hotel. Você tinha alguma coisa importante lá?

Carla voltou-se para Mineiro, afirmando ternamente:

— Tudo que eu tenho de importante tá aqui — declarou Carla, abraçando Mineiro.

Mineiro tranquilizou-a e correu para o telefone. Precisava resolver qual seria seu próximo passo.

— Pegaram o Barão, Tatu. E se ele caiu, é só uma questão de tempo até chegarem até a gente.

— E agora, Mineiro, o que a gente vai fazer?

— Tem alguém caguetando nessa parada e eu vou descobrir quem é. Vamos juntar todo mundo. Amanhã, aqui no casarão, às dez da matina — disse, preocupado, e desligou o telefone.

Enquanto isso, Amorim entrava na sala de interrogatório, triunfante. Nem ele imaginava que prenderia o cabeça da quadrilha tão cedo.

— Te peguei de jeito, hein, Barão?

— Tem um mal-entendido aqui, doutor. Eu não sou o Barão! É um engano!

— Com certeza você não é o Barão. E aposto que não teve nada a ver com o assalto ao Banco Central.

— Eu não! — exclamou o homem. — Aquele assalto que passou na TV? Eu sou trabalhador, doutor. Tenho nada a ver com isso, não.

— Infelizmente pra você, uma testemunha o coloca na cena do crime. Você foi reconhecido.

— Já falei que eu não sou o Barão!

Amorim se aproximou. Sua careca refletiu a luz da lâmpada.

— E eu não sou velho, gordo, careca e cansado, como o espelho lá de casa me diz todo dia de manhã. Infelizmente, a realidade é outra.

Amorim levantou-se e saiu da sala. Telma o esperava do lado de fora, com o agente sanitário Miro Campana. Os três se posicionaram em frente ao vidro que dividia a sala de interrogatório e a parte externa.

— E então, seu Miro? — perguntou Amorim, olhando para o homem do outro lado do vidro.

— É ele mesmo, doutor! É ele o cara que eu vi lá na casa.

Amorim voltou-se para Telma, sorridente.

— Tá aí o seu Barão.

— Confesso que não era bem o que eu imaginava — disse Telma.

CAPÍTULO 26

Robson estava impaciente, sentado a uma mesa na casa de Léo. Tamborilava no tampo da mesa.

Léo veio da cozinha e jogou uma lata de cerveja para ele e outra para Vagner, sentado a seu lado.

— Chamou a gente aqui pra quê? Só pra tomar umas cervas mesmo? — perguntou Vagner.

— Tá ligado que quanto menos a gente for visto junto, melhor pra todo mundo, né? — Robson dirigiu-se a Léo.

— Eu sei, mas é importante. O Mineiro me ligou. Quer reunir o resto do bando pra discutir o que fazer, agora que o Barão tá preso.

— E daí? — perguntou Vagner.

— Pensa, porra! — exclamou Léo. — É a oportunidade de rapar a grana toda de uma vez.

— É o que eu chamo de final feliz — comemorou Robson, erguendo a lata. Os outros dois brindaram, felizes.

— Acorda, Barão!

Um policial carrancudo bateu o cassetete nas grades da cela, fazendo com que o preso se sobressaltasse. Mandou que o acompanhasse. Atordoado, o homem não entendeu nada, mas se levantou e o acompanhou. Foi levado para uma sala com várias mesas de concreto, o mesmo material das cadeiras, chumbadas no chão. O ambiente era frio e monótono. O policial o deixou ali e se encaminhou ao outro extremo da sala. Abriu a porta e permitiu a entrada de um homem de terno e gravata. Então anunciou:

— Você tem vinte minutos com seu advogado.

— Peraí, eu não pedi advogado! — reclamou, enquanto o policial já se retirava da sala. Um homem sentou-se à sua frente, com semblante tranquilo.

— Mas devia ter, Barão, porque, depois de planejar e executar o maior assalto da história do Brasil, você vai precisar de um bom advogado.

— Mas eu não sou o...

— O Barão? Eu sei que não, Firmino — disse o homem, com um meio sorriso no rosto. — Prazer, meu nome é Gouveia.

— Você sabe que eu não sou o Barão? Então por que você me chamou se eu não sou...

— Mas vai passar a ser, pro teu bem. Eles acham que prenderam o Barão, e estão satisfeitos com isso. Por que acabar com a ilusão?

— Porque não sou eu! — exasperou-se Firmino.

— Você é meio lerdo das ideias — irritou-se Gouveia. — Passa a dizer que sim e vai ter uma grana muito boa te esperando quando sair da prisão.

— Mas...

— Pense bem... já te pegaram mesmo. Que diferença faz?

Firmino pensou por alguns segundos. *Esse cara tem razão. Já tô fodido mesmo, pelo menos levo uma grana pra casa. Mas, por outro lado, se eu for preso como mandante, minha pena vai ser maior. Ah! Foda-se, de qualquer jeito eu saio daqui a pouco. É só manter bom comportamento e distribuir alguns favores que logo, logo eu tô fora. Viva o Brasil!*

— A gente tá falando de quanta grana mesmo?

Gouveia sorriu.

Amorim e Telma estavam sentados em frente a um computador da sala de análise de áudios da delegacia. Ouviam um som metálico, e Telma aumentou o volume para ouvirem melhor a voz de Mineiro:

— *Tem alguém caguetando nessa parada e eu vou descobrir quem é. Vamos juntar todo mundo. Amanhã, aqui no casarão, às dez da matina.*

Telma interrompeu o diálogo. Olhou para Amorim, que falou o que já estava na cabeça dos dois:

— É a chance de pegar o bando todo de uma vez! — Amorim se levantou e sacou o telefone. Discou para Ivan. — Convoca todo mundo. A gente vai realizar uma grande operação! — disse, animado.

Pelas lentes escuras dos óculos, Martinho olhava as gaivotas que sobrevoavam o píer onde estava. Diversos barcos pesqueiros aguardavam a hora de saírem para o mar. Durante a espera, alguns pescadores teciam ou remendavam as redes de pesca que utilizariam logo mais, quando a maré estivesse propícia. Martinho comia um pacote de batatas fritas sem pressa. Observou Barão se aproximar, sempre bem-vestido e com o andar cauteloso.

— Que é que tá pegando, Martinho? O combinado era que eu ia ficar na moita.

— Tu sabe da Carla? — perguntou Martinho, sem rodeio.

— Não. Depois que prenderam o Firmino, ela sumiu. Ligo pro celular dela e não atende. Deve estar escondida em algum lugar. Por quê?

— Eu fiz exatamente o que você mandou. Fiquei de olho no bando todo, pra ver o que cada um tava fazendo. Quem abria o bico, quem fazia merda. Você sabe disso.

— Foi pra isso que eu te contratei. Mas para de enrolar e fala de uma vez.

Martinho puxou um pequeno aparelho do bolso. Era um gravador.

— Escuta isso aqui — ele apertou uma tecla no aparelho.

"Tô cabreiro com esse lance do Barão, Carla."

"Relaxa, amor. Pensa bem, pra gente até que foi bom. Com o Barão fora da jogada, a gente não tem mais com que se preocupar."

Martinho desligou o aparelho e olhou para Barão, cujo rosto estava vermelho.

— Achei que você devia saber.

— Valeu — disse Barão, tentando não deixar transparecer seu estado de espírito.

— Eu tava vigiando o Mineiro, não tua mulher — explicou-se Martinho.

— Não é mais minha mulher, não tá vendo?

— Ô, Barão, vê se não vai fazer nenhuma burrada.

— Isso é comigo, Martinho.

Dizendo isso, Barão levantou-se e foi embora.

CAPÍTULO 27

NAQUELA MESMA NOITE, MINEIRO saiu para comprar o jantar. Tanto ele quanto Carla gostavam da comida de um restaurante perto da casa dele. Era bom porque não chamava a atenção. Mineiro voltava para casa, com as sacolas na mão. As ruas eram mal-iluminadas, e ele demorou para ver o vulto que vinha em sua direção.

— Não cumprimenta mais os amigos?

Mineiro reconheceu a voz de Barão, e seu rosto se contorceu. Deu dois passos para trás e quase deixou cair a comida. *O que é que esse filho da puta tá fazendo aqui, meu Deus?!*

— Barão... vo... você não tinha sido preso? — gaguejou.

— As notícias da minha prisão foram meio exageradas. Jantar pra dois? — perguntou, indicando as sacolas que Mineiro carregava.

— É — sussurrou Mineiro, sem voz. — Tô com uma mulher.

— Mais uma de suas putinhas? — *Traidor maldito!*

— Sabe como é, né? — disse Mineiro, hesitante.

— Sei — completou Barão, amigavelmente. — Tu não resiste a um rabo de saia, né? Me dá um abraço aqui.

Mineiro ficou paralisado de medo enquanto Barão o envolvia com um abraço. Logo em seguida, segurou o rosto de

Mineiro entre suas mãos e, subitamente, deu uma cabeçada no nariz dele. O sangue esguichou na hora. Mineiro desabou no chão.

— Peraí, Barão! — gritou, suplicante.

— Você pensou o quê? Que eu não ia ficar sabendo? Que porra você tem na cabeça?!

Os olhos de Barão estavam injetados de sangue, e sua boca espumava de raiva. Chegou mais perto de Mineiro e começou a chutá-lo, raivosamente. Mineiro se arrastava para trás, tentando se defender, sem sucesso. Tinha que continuar argumentando.

— Não é nada disso, para! — gritou. — Ela só tá se escondendo comigo.

— Mente de novo pra mim, filho da puta! — grunhiu Barão, sem parar de agredi-lo. — Mente de novo que você nem vai precisar levantar mais.

— Tá certo, tá certo! — confessou Mineiro, fazendo com que Barão parasse de espancá-lo por alguns momentos e ficasse andando de um lado para o outro, transtornado.

Mineiro se aproveitou do momento para agarrar Barão e tentar derrubá-lo.

— Qual é? Fodeu minha mulher e agora quer me foder também? — gritou Barão, enquanto evitava o golpe de Mineiro com facilidade.

— Para, Barão, vamos conversar — suplicou Mineiro. Os dois estavam em postura de ataque, um em frente ao outro.

— Não, Mineiro. Conversa fiada é contigo, por isso é que te chamei. Mas, pra resolver as coisas, aí é comigo.

Mineiro avançou contra Barão, mas a luta era bastante desigual. Além de mais forte, Barão sabia lutar, e com alguma facilidade deu um soco no rosto de Mineiro, que caiu de novo. Barão sacou a pistola e agachou-se ao lado de seu oponente, com a arma encostada em seu rosto.

— E aí? Já gastou todo o seu papinho? — perguntou, ironicamente.

— Barão... — Mineiro tentou falar.

— Eu podia te apagar aqui mesmo, no meio da rua, e ninguém ia ligar. Você entende isso? Porque você é escória. É lixo. Eu podia te matar e ninguém nunca ia desconfiar de mim, porque, até onde todo mundo sabe, eu tô no xilindró. Entende a merda em que você se meteu?

— Barão, por favor! — Mineiro chorava compulsivamente.

Barão se levantou e guardou a arma.

— Relaxa... Você acha mesmo que eu ia apagar um amigão como você? — Barão olhou para os lados e arrumou sua roupa. — Mas agora é cada um por si, meu chapa. Teu vale tá vencido.

Barão começou a se afastar, cauteloso. Mineiro sentou-se e perguntou:

— Barão... quem foi que prenderam?

— Prenderam o Barão, Mineiro. Não leu o jornal, não? E é bom todo mundo ter certeza disso. Você tem alguma dúvida de quem foi preso? — Barão voltou a se aproximar de Mineiro, ameaçadoramente. Mineiro se apressou em dizer.

— Não, não... Prenderam o Barão.

Barão girou sobre os calcanhares e sumiu nas sombras. Mineiro colocou as mãos sobre o rosto, aliviado por ainda estar vivo.

Arrastou-se até chegar em casa. Carla se apavorou ao ver o estado do namorado. Mandou que ele deitasse no sofá e o despiu. Passou a tratar os cortes e os arranhões. Sem saber como, Mineiro adormeceu.

Ao acordar, sentia dor em cada centímetro do corpo. Carla trocava um curativo.

— Ai, Carla!

— Fica quieto, deixa eu ver se melhorou.

— Tô com a sensação que, de agora em diante, a coisa só vai piorar.

Carla suspirou:

— Nem me fale. Se o Barão fez isso com você, fico imaginando o que não vai fazer comigo.

— Não sei — refletiu Mineiro. — Pelo que ele falou, não quer mais saber da gente.

— Será?

Carla e Mineiro ouviram batidas na porta. Olharam-se, preocupados.

— Tá na hora da reunião. Atende lá que é gente nossa — pediu Mineiro, lembrando-se do compromisso.

Era Léo, que entrou falando:

— Você viu? O cara que prenderam foi o Firmino. — Léo chegou mais perto de Mineiro: — O que aconteceu contigo, cara? Tá todo detonado!

Do lado de fora, quase não havia movimento. Um furgão da companhia elétrica estava estacionado em uma esquina, ao lado de uma escada apoiada em um poste, onde um homem trabalhava. Era Ivan, que dali de cima tinha uma visão privilegiada do movimento da rua. Ao lado do portão de entrada, outro policial fazia as vezes de gari. Telma passeava com um carrinho de bebê. Amorim, assim como os outros policiais, estava dentro do furgão, aguardando a hora certa para agir.

— Ivan, alguma movimentação suspeita por aí? — perguntou Amorim, no rádio.

— Negativo. Nenhuma novidade... Peraí, tem mais um chegando.

Era Tatu, que tocou a campainha e entrou na casa instantes depois.

— Ninguém faz nada — alertou Amorim, novamente no rádio. — Aguardem minhas ordens.

***

No interior da casa, o clima tinha esquentado.

— Porra, como assim prenderam o Caetano?! — perguntou Léo. — A besta do Devanildo eu entendo, mas o Caetano?

— Não fala assim do meu irmão, Léo — reclamou Carla.

— Falo como eu quiser! E você sabe mais do que qualquer um como ele é! — replicou Léo. — Pior foi o que aconteceu com o Décio. Pegaram ele legal.

— E essa cara bonita aí? — estranhou Tatu, dirigindo-se a Mineiro. — Tentaram te pegar também?

Léo interessou-se pela conversa. Queria saber se Robson e Vagner estavam agindo por conta própria.

— Não... — desconversou Mineiro. — Isso aqui foi outro lance.

— E a história do Firmino, hein? — disse Léo, mudando de assunto. — De onde tiraram que ele é o Barão?

Carla e Mineiro se entreolharam. Mineiro foi o primeiro a falar:

— Isso deve ser coisa do próprio Barão. Ele mandou recado. Não é pra desmentir isso de jeito nenhum.

— Mas será que o Barão tá por trás dessa zona toda? — desconfiou Tatu.

— Não faz o estilo dele — argumentou Carla.

— E o que você tá fazendo aqui? Não devia ter sumido com ele? — perguntou Léo.

Carla ficou desconcertada, sem saber o que dizer. Olhou para Mineiro, pedindo ajuda. Antes que o homem falasse, Léo entendeu a situação.

— Deixa quieto. Já sei como você ganhou esses roxos...

— E cadê o Doutor?! — lembrou Tatu. — Todo mundo morto, ou preso, ou aqui. Cadê aquele filho da puta?!

— Esse tá livre — respondeu Mineiro. — Deve estar fazendo a tal redistribuição de renda...

***

Num restaurante refinado na Champs-Élysées, em Paris, próximo à Place de La Concorde, Doutor segurava uma taça de cristal, que levava ao nariz, procurando sentir o buquê de um *pinot noir* da região de Côte de Nuits, no sudoeste da França. O garçom estava a seu lado, aguardando a aprovação. Doutor levou a taça aos lábios e inundou a boca com o líquido, pleno de sabor. Abriu os olhos, satisfeito.

— *C'est magnifique*! — comemorou, estendendo a taça ao garçom, que a encheu novamente.

CAPÍTULO 28

— Redistribuição de renda é o caralho. Eu acho que é ele quem tá caguetando todo mundo! — acusou Tatu.

— Acho que não — discordou Léo. — O cara é da paz.

— Qual é, Léo, encarnou o Saulo? — exasperou-se Tatu. — Tem alguém traindo a gente. E se não foi ele, é um de nós.

— Ou então alguém que tá preso — discordou Léo.

— É — ironizou Tatu. — Vai ver é o Devanildo.

Além dos policiais federais, Robson e Vagner também estavam interessados na reunião. Estacionaram o carro a poucas quadras da casa e observavam a movimentação.

— Agora é só esperar o Léo — disse Robson.

— Tomara que aquele mané não demore. Detesto ficar de campana — disse Vagner.

— E aquele gari ali, hein, Vagner? O cara não sai dali.

— Tem alguma coisa errada.

O clima era tenso no interior do casarão. Ninguém sabia em quem confiar. Léo se levantou, bateu as mãos nos bolsos e informou:

— Cabou meu cigarro. Vou comprar.

Tatu olhou desconfiado para Léo, que esperou para ver do que se tratava. Tatu colocou a mão sob a camisa, e Léo deu um passo para trás, receoso. Tatu puxou um maço de cigarros e jogou para ele.

— Fuma do meu.

Léo olhou para o maço, hesitante.

— Tá doido? Não fumo essas merdas mentoladas não. Volto em dois minutos.

Léo dirigiu-se para a porta e saiu, meio desconfiado. Tinha que cumprir o combinado com Robson e Vagner, e essa era a senha para que eles agissem. Foi até o portão e saiu para a rua. Foi Vagner quem o viu primeiro.

— Olha o Léo lá. Vamos nessa! — disse Robson, mudando de ideia após ver a movimentação próxima a Léo.

O gari aguardou que Léo se distanciasse do portão e o rendeu.

— Polícia Federal, mãos na cabeça!

— Calma, tô na boa, tô na boa! — disse Léo.

Telma largou o carrinho de bebê e se juntou ao policial. Os dois conduziram Léo ao furgão, no momento em que Amorim saía do veículo, acompanhado pelo grupo de operações especiais da PF, que entrou na casa silenciosamente.

— Caralho, Robson, sujou! — alertou Vagner.

— Se manda depressa, porra — ordenou Robson, fazendo com que seu colega desse partida no carro e sumisse dali.

Mineiro e Carla não tiveram nenhuma reação com a entrada dos policiais. Estavam sentados no sofá e ali continuaram. Tatu correu para os fundos da casa, sendo perseguido por um policial, que gritava para que ele parasse. Telma, por sua vez, voltou pelo caminho pelo qual tinham entrado. Queria cercar o bandido. A policial deu um tiro para cima quando percebeu que Tatu fugia pelo telhado, nos fundos da casa. Mas nem isso fez com que parasse.

O policial que perseguia Tatu se aproximava, enquanto o bandido tentava encontrar um jeito de sair dali. O local era cercado por uma cerca metálica e ficava a cerca de quatro metros do chão. Tatu viu um buraco na cerca e agachou-se para passar por ele. Quando seus joelhos encostaram no parapeito, percebeu que havia cacos de vidro pregados nas bordas. Gritou de dor e perdeu o equilíbrio, desabando lá de cima.

Quando pôde abrir os olhos, sua visão estava desfocada pela dor. Gemia quando percebeu a chegada de Telma, que já lhe apontava a arma contra a cabeça.

— Machucou? — perguntou, sarcasticamente.

Telma entregou Tatu aos outros policiais, que o colocaram na viatura, algemado, e então retornou à casa. Queria acompanhar o trabalho da perícia de perto.

Mineiro tinha sido engenhoso. Ele havia guardado o dinheiro no porão da casa, dentro de um buraco de cerca de dez metros de comprimento. Quem não estivesse procurando pelo dinheiro dificilmente o encontraria. Mas esse não era o caso dos policiais, que agora iniciavam o trabalho da perícia.

— Quanto você acha que tem aí? — Amorim perguntou para Telma.

— Não sei — Telma estava insegura. — Por alto, talvez uns 2 milhões. É muito dinheiro!

— Não, Telma, 164 milhões é muito dinheiro. Isso aí não chega nem perto.

CAPÍTULO 29

— Mineiro, Antônio, Fernando... você tem muitos nomes! — disse Amorim para o homem que ocupava a cadeira da sala de interrogatórios.

— Sempre achei chato esse papo de um nome só, uma mulher só, um emprego só — respondeu Mineiro, sorridente.

— Sei... — Amorim assentiu. — E tem alguma preferência? Prefere que eu use algum em especial?

— Fique à vontade.

— Que tal Condenado? Engaiolado? Preso?

— Acho que nenhum me faz justiça, mas chame como quiser. — Mineiro estava mais sério.

— Então vamos ficar com Mineiro mesmo. Conta aí, como é que foi o roubo?

— O que você quer saber?

— Quem foi que te chamou para participar do assalto?

— O Barão.

— Mas tudo sozinho?

— Na verdade, não. O Saulo ajudou. Na verdade, ele é quem teve a ideia.

— Vocês só podem estar de sacanagem comigo!

— O que é isso, inspetor! — defendeu-se Mineiro, cinicamente. — A gente tá aqui é pra ajudar no que puder.

— Então me fala quem apagou o Saulo e o Décio.

— É, doutor, nisso eu não vou poder ajudar. Não faço a mínima ideia.

— Você é a mulher do Barão? — perguntou Amorim para Carla.

— Sim. Ou pelo menos era.

— E tava se engraçando com o Mineiro...

Carla se assustou. Não esperava que a polícia conhecesse esse detalhe.

— De onde você tirou isso?

— Minha filha, não tem nada que a gente não saiba.

— Então vocês sabem que o Barão... — Carla foi interrompida por Amorim.

— Tá mais apavorado que vocês. Francamente... não estranho nada você ter trocado o cara pelo Mineiro.

Carla ajeitou-se na cadeira.

— Mas me diga uma coisa: quem foi mesmo que te chamou para a operação?

— O Barão, lógico.

— Então ele era o chefão?

— Não. O Décio era o chefe. Inclusive foi ele quem financiou tudo.

— O que você fazia na operação? — perguntou Amorim.

— Eu ficava na recepção, pagava as contas, cozinhava. Pelo bom Jesus, não tive nada com isso — defendeu-se Devanildo.

— E quem foi que te convidou para trabalhar na operação? — perguntou Amorim.

— O Barão.

— Isso eu posso falar, doutor — reclamava Caetano. — Era a pior comida que eu já provei. Comidinha ruim da porra. Nem sei como aguentei todo aquele tempo.

— Quem foi que te chamou pra fazer parte do assalto? — perguntou Amorim.

— O Barão.

— E quem comandava o bando?

— O Saulo. O cara era fera!

— E quem detonou o Saulo?

— Não faço ideia — disse Caetano.

— Três meses, doutor — orgulhava-se Tatu. — Três meses. Trabalho bonito, fala a verdade. Eles deviam comprar a casa e aproveitar pra expandir o banco. Aquele túnel vai durar pra sempre. Se forem espertos, ainda vão sair no lucro.

— Quem foi que te chamou para o trabalho? — perguntou Amorim.

— O Barão.

— E quem prometeu o pagamento?

— Décio... Décio e Saulo. É, foram os dois. E o Décio tava montado na grana.

— E quem deu cabo deles? — perguntou Amorim, sem esperanças.

— A gente ia se reunir justamente para descobrir quem era o traíra.

Amorim tentava interrogar Léo, que permanecia calado.

— Quem te convidou pra integrar a quadrilha? Já vi que o senhor adora falar!

Léo, finalmente, rompeu o silêncio:

— Vou dizer uma coisa pro senhor. Quem matou sabia quem a gente era. E, se sabia, sabe que a gente tá aqui. E que a gente ainda tem família do lado de fora. Entendeu?

Amorim assentiu com um movimento de cabeça, pensativo. *Mas o que ele queria dizer com isso, se tá todo mundo preso? De quem será que ele está com medo?* Foi para casa pensando nas palavras de Léo. Incrível o paradoxo da mente criminosa.

Por um lado, não tem a menor consideração com a vida humana. Mata se for preciso. Mas, por outro lado, se preocupa com a família. Tema interessante...

No dia seguinte, Telma chegou e foi procurar Amorim em sua sala. Bateu na porta e a abriu. Amorim ainda não havia chegado. Ela viu que alguns jornais do dia estavam sobre a mesa, pegou um e começou a folhear. Distraiu-se ao ler a programação de lazer da cidade, e pensou que havia muito tempo não se dava a chance de se divertir. Lembrou-se dos dias e das noites que se dedicara à profissão e do tanto que isso atrapalhava sua vida pessoal. Não que fosse obrigação sua trabalhar naquele ritmo, mas não conseguia agir de outro modo. Pensou em Regina e se sentiu culpada por não dispensar a atenção necessária a ela.

Olhou para o quadro atrás da mesa de Amorim. Ali estavam fotografias dos membros da quadrilha, colecionadas pelo colega no decorrer da investigação. Considerava que tinham feito um bom trabalho, mas se perguntava se, no final, esse esforço valia a pena. Os melhores anos de sua vida estavam sendo passados diante de biografias de criminosos, pilhas de documentos e dinheiro falsificados, e quase nenhum reconhecimento quanto a seu esforço incansável no combate ao crime. Acreditava sinceramente na importância de seu trabalho, mas colocava em dúvida o ônus de cumprir o dever a que se comprometera, anos antes, ao sair da Academia.

Olhou para o outro canto da mesa de Amorim e viu um porta-retrato com uma foto do colega no dia de sua formatura. Era jovem, bonito e não cabia em si de felicidade.

Seus pensamentos voaram para o dia de sua formatura. Lá estavam, além de seus companheiros de curso, os familiares e altas autoridades da Polícia Federal. O clima era de euforia, e esse espírito era alimentado pelas palavras do diretor-geral da PF, as quais nunca conseguira esquecer.

Era o espírito que inspirava a todos naquele momento, e anos depois tinha que significar alguma coisa. Era nisso que Telma se apegava para continuar. De repente, foi transportada de volta à sala, com a entrada de Amorim, que vinha com passos duros. Aproximou-se de Telma e jogou um jornal sobre a mesa, irritado.

— Você sabia dessa merda?!

Telma olhou para Amorim, sem entender nada. Em seguida voltou os olhos para a manchete estampada na primeira página:

POLÍCIA FEDERAL APONTA ENVOLVIMENTO DO PCC NO ASSALTO AO BANCO CENTRAL DE FORTALEZA

— E qual é o problema? — perguntou Telma.

— O problema é que o nome do PCC não apareceu em lugar nenhum dos depoimentos! Nenhuma pista, nada! Com base em que falaram isso?

— O caminhão-cegonha tava indo pra São Paulo. O Saulo, um dos mandantes, era de lá, o Tatu também. Faz sentido... — argumentou Telma.

— Faz sentido até demais pro meu gosto. — Amorim estava visivelmente chateado.

— Não estou entendendo, Amorim. Todo mundo que não morreu tá preso, você pegou o chefe do bando, os bandidos estão cantando a bola...

— Telma, você pode entender muito de técnica, mas não entende nada sobre fator humano.

— Você acha o quê? Que eles combinaram?

— Não necessariamente. Jogar culpa em quem tá morto é um truque velho, desde os tempos de Caim.

— Mas o Barão tá vivo. E eles são unânimes em dizer que ele é o chefe da operação!

— É aí que a conta não tá fechando. — Amorim levantou-se e saiu da sala, deixando Telma confusa.

CAPÍTULO 30

AMORIM MANDOU QUE LEVASSEM Firmino novamente para a sala de interrogatórios. Abriu a porta e encontrou-o sentado, com os olhos baixos. Já entrou falando.

— Barão, Barão... essa história tá muito mal explicada.

— Já falei tudo o que tinha pra falar, doutor — disse Firmino, olhando para Amorim.

— Eu sei. Falou até demais. Primeiro negou ser o Barão, agora admite...

— Sim. — A voz de Firmino era insegura.

— E não foi porque alguém te convenceu disso.

— Não — respondeu Firmino, timidamente.

— Você sabe que, como mandante, sua pena vai ficar ainda maior, né?

Firmino suspirou antes de responder.

— Indiferente.

— O assalto foi ideia sua?

— Sim.

— Com a ajuda de Saulo e Décio?

— Sim.

— Foi você que matou os dois?

— Não.

— Quem foi? — Amorim se aproximou de Firmino.

— Indiferente.

— Engraçado que está tudo caindo nas suas costas agora... porque os outros dois estão mortos. Bem conveniente isso...

— Indiferente.

— Então me conta de onde surgiu a ideia de assaltar o Banco Central. Como você conseguiu a planta do banco, dos sistemas de segurança? E cadê o grosso do dinheiro?

Firmino baixou a cabeça novamente, permanecendo em silêncio. Amorim deixou-o pensar por alguns segundos.

— Fala alguma coisa, Barão!

— Sim, não, indiferente.

— Que palhaçada é essa? — Amorim elevou a voz.

— Não é palhaçada. Você é quem está fazendo as perguntas erradas.

Amorim achou curiosa a frase de Firmino. Encostou-se na cadeira e descontraiu os ombros. Sua testa suava. Tentava decifrar o que o homem queria dizer.

— Então tá — disse o policial. — Me fala. Tem mais gente nessa história?

— Sim.

Amorim se animou. Se Barão queria brincar de enigmas, ele entraria na brincadeira. Preparou-se para fazer outra pergunta, mas foi interrompido por dois agentes que entraram na sala sem bater. Um deles trazia um papel nas mãos.

— Amorim, tempo encerrado. Acabaram de chegar ordens. O Barão vai ser transferido.

— De jeito nenhum — exasperou-se Amorim, levantando. — Estou no meio de uma investigação!

— A investigação acabou, Amorim.

— Só acaba quando eu disser! — Amorim postou-se desafiadoramente entre os policiais e o preso.

O agente olhou para ele por um segundo e estendeu o papel que trazia na mão. Amorim pegou-o rispidamente.

— Eles não podem fazer isso. Essa história está muito mal-explicada! — disse, inconformado. Amorim ainda tentou convencer os colegas, que se mantiveram irredutíveis.

— Isso não é mais problema seu — disse o mais velho dos dois, enquanto segurava Firmino e o tirava da sala, deixando Amorim desolado, com uma das mãos apoiada sobre a mesa.

CAPÍTULO 31

UMA SEMANA DEPOIS, AS MANCHETES dos jornais ainda insistiam em permanecer com o assunto em pauta. Todos os dias traziam a rotina integral dos presos. Diversas teorias acerca do mandante do crime eram contadas e recontadas diariamente. Populares se dividiam entre condenar os criminosos ou tratá-los como superbandidos que tinham realizado um dos maiores assaltos da história.

Um dos jornais de grande circulação havia sugerido que o financiador do crime era um político com assento no Congresso Nacional. Outro noticiava a participação de agências de espionagem internacionais. Amorim acompanhava as notícias com um aperto no coração. Tinha feito de tudo para esclarecer o crime, mas seu velho instinto se inquietava. Não estava totalmente convencido do sucesso do trabalho, apesar das evidências que indicavam ter solucionado o caso. Telma, por outro lado, estava satisfeita com o resultado. Tinha certeza de que eles tinham conseguido solucionar o assalto com sucesso.

Enquanto fazia um balanço dos trabalhos de investigação, procurando algum indício de falha nos procedimentos, Amorim vagarosamente colocava seus poucos pertences em uma caixa, com uma expressão de pesar. Telma entrou em sua sala e encontrou-o tirando o carregador de sua pistola. Um dos projéteis bateu contra o vidro do porta-retrato sobre a mesa.

— Ocupado?

Amorim saiu de seu devaneio e olhou amistosamente para a colega.

— Não mais.

— O que aconteceu?

— Me aposentaram, de maneira compulsória. Cheguei ao limite da idade.

— Não acredito! — A surpresa de Telma era genuína.

— Com todas as honrarias, como se fosse um prêmio de consolação. Recebi até uma plaquinha do superintendente, com direito a discurso e tudo. — Amorim apontou para uma pequena placa de bronze com pequenas inscrições, que Telma não conseguiu ler.

— Depois de tudo o que você fez...

— Eles estão certos, Telma. Esse negócio não é mais pra mim. Os tempos são outros, os bandidos são outros... a polícia é outra.

— E o teu faro, tua intuição?

— Não conectam na internet. Não plugam no computador. — A voz de Amorim ficou embargada, seus olhos marejaram. Procurou disfarçar levantando-se da cadeira. — Eu sou de outro tempo, Telma. Sou do tempo em que se estudava latim no colégio, quando se liam os grandes clássicos. Que briga entre marido e mulher era entre *marido e mulher.*

Telma ajeitou-se na cadeira, constrangida. Seu gesto não passou despercebido a Amorim, que se apressou em esclarecer.

— Não, não, não foi isso que eu quis dizer... Nada contra, viu? Aliás, muito bonita ela. Parabéns!

Telma ruborizou, desconcertada. Deu uma risada sem graça. Um silêncio pesado pairou entre os dois. Amorim pensava o quanto se afeiçoara à colega, que pensava o mesmo. Um relacionamento que começara conturbado se transformara em respeito profissional e amizade sincera. Telma estava compadecida da situação de Amorim, pois sabia o quanto a profissão significava para ele. Começou a se emocionar com a situação e levantou-se de um pulo.

— Bem, também vou arrumar minhas coisas.

— Por quê? Você também foi aposentada? — brincou ele.

Telma voltou-se, constrangida.

— Não, na verdade... Fui promovida. — Por mais que quisesse, Telma não conseguia esconder sua satisfação.

Amorim se surpreendeu com a notícia. Um sentimento de injustiça começou a brotar em sua mente, mas manteve o controle, afastando-o. Entendia que a colega não era culpada pelo bom trabalho que fizera.

— Ah, tá... Parabéns. Você merece. Quem não vai gostar disso é a Regina, já que o trabalho é dobrado.

Telma voltou para sua sala, sentou-se na cadeira e olhou para a tela do computador, sem expressão. Minutos depois, uma agente a chamou.

— Telma, tá tudo pronto.

Ela se levantou pesadamente, suspirou e foi até a cela onde Carla estava presa. Iria comandar a transferência dela para a penitenciária estadual. Notou que Carla não parecia, nem de longe, a bela mulher que chegara, dias antes, na Superintendência. Tinha olheiras e emagrecera a olhos vistos. Seu rosto demonstrava cansaço. Envelheceu alguns anos atrás daquelas barras de ferro.

Telma entrou, acompanhada da policial, e a tiraram da cela. Carla não ofereceu resistência. Saíram do prédio em direção à viatura. Antes, porém, tiveram que enfrentar uma imensa aglomeração de jornalistas. Assim que pisaram fora do edifício, a correria de câmeras e microfones foi grande. Todos queriam entrevistar Carla ou uma das policiais. Uma das repórteres falava ao vivo com sua redação:

— O assalto ao Banco Central é o maior em toda a história do país. Apenas 20 milhões, de um total de 164 milhões de reais, foram recuperados.

Telma tentava chegar ao camburão. Quatro policiais formavam um cordão de isolamento para facilitar a travessia. Jornalistas e cinegrafistas se acotovelavam.

— Carla, Carla, você também participou da escavação?

— Para onde ela está sendo levada, delegada?

Telma conseguiu se aproximar da viatura. Voltou-se para os jornalistas, momento em que diversos flashes começaram a disparar. Ela procurou não se intimidar.

— Todos os suspeitos estão sendo transferidos para prisões de segurança máxima.

Amorim observava a movimentação, encostado à porta do prédio. Olhando pelo lado positivo, até que era bom não ser obrigado a conceder entrevistas. Deixe os mais novos passarem por isso.

Um dos jornalistas abaixou sua câmera. Ele estava no meio da confusão, e Carla quase não notou a sua presença, tamanha era a sua apatia. Mas algo fez com que ela levantasse a cabeça na direção do homem. Ao vê-lo, ficou atônita. Não sabia o que pensar.

Barão! O que será que ele quer aqui? Rir da minha desgraça? Desgraçado, correndo esse risco só pra me humilhar... Ou não, será que ele ainda me ama?! É isso! Ele veio me dizer que quer ficar comigo. Que bom, nem tudo está perdido... que bom... eu também te amo, meu amor!

Pensando nisso, um sorriso aflorou em seus lábios. O homem devolveu-lhe o sorriso, abaixou a máquina e se retirou, no momento em que Carla era colocada no cubículo da viatura.

A movimentação não passou despercebida a Amorim, que notou algo diferente no comportamento de Carla. Seguiu seu olhar e encontrou o rosto de Barão. Amorim sabia que algo permanecera obscuro em toda a investigação, mas não sabia se aquele olhar de Carla significava alguma coisa.

Amorim desceu as escadas e viu o fotógrafo entrar em um carro estacionado perto dali, junto ao meio-fio. Sem ter o que fazer, permaneceu com um olhar inquisitivo até o carro se afastar.

Naquele mesmo instante, a viatura da Polícia Federal se afastava com destino à penitenciária, deixando os jornalistas para trás. Dentro do carro, Carla continuava sorrindo, feliz por Barão ter se lembrado dela, e começou a torcer para que os dias passassem rápido. Estava pronta para iniciar o planejamento do túnel que iria tirá-la da prisão.

Este livro foi impresso em maio de 2011,
pela Ediouro Gráfica, para a Agir.
A fonte usada no miolo é IowanOldSt BT, corpo 10,5/14,5.
O papel do miolo é offset 75g/m², e o da capa é cartão 250g/m².